# 佐賀的超級阿嬤

暢銷1000萬本．全彩插畫珍藏版

島田洋七——著

陳寶蓮——譯

佐賀のがばいばあちゃん

# 笑給天看

吳念眞

生平最喜歡、最愛看可也最怕看的電影，是義大利新寫實主義代表作之一的《單車失竊記》。

說喜歡，好像也講不出什麼偉大的道理，就是有感覺、有共鳴、百看不厭；說怕看，則是因為每看必哭，而且隨著年齡增長，自制力不增反減，看了會哭的段落還一次多過一次。

電影的時空背景是二次大戰結束後戰敗國的義大利。失業的爸爸好不容易找到一個貼海報的工作，不過必須自備腳踏車。媽媽當了棉被買了一部，沒想到開始工作不久，腳踏車就被偷了。爸爸帶著兒子到處找，沒找到。最後，爸爸決定也偷別人的。

最後的結尾是：在兒子的注視下，爸爸失手被逮、被責打、被奚落、被侮辱。

整部電影只有一個氛圍——貧窮，以及求生。

之所以有共鳴、有感覺，或許是電影裡的某些細節，根本就是自己生命記憶的重現。比如，進當鋪當棉被，卻發現當鋪裡的棉被堆積如山。比如，爸爸找不到車子，肚子也餓了，竟然帶兒子進餐館，把身上所有錢全部花光。喔，對了，媽媽在生活最絕望的當下，竟然跟人家借錢去相命，所求的只是相命師的一句話：未來會很好！

是這些細節的緣故吧？讓我在年輕的時候，覺得義大利真的很像臺灣，現在當然知道——只要是貧窮，都有同一個面貌，不管在哪裡。不同的，或許只是面對貧窮的態度而已。

面對困境、抉擇、生存關鍵的「態度」可美、可醜；可以堅定、可以柔軟；可以剛烈，卻也可以逆來順受。

記得以前看過另一部電影，紀錄片，南美洲的國家，農人窮到活不下去了，組織起來去打游擊。導演的角度放在這些農民身上，一個農民的領導者說：我帶引大家跟上帝祈禱，請祂賜給我們麵包，祂一直不給，所以，我只好帶大家去要！鏡頭一直留在那樣憨厚、純樸卻又堅定的黝黑臉上，留在握著土槍的那雙厚實、龜裂、指甲縫滿是泥土殘留的手掌上。

但，讓我無法忘懷的，卻是那些在農民臨行前一起磨麥子做麵包、好讓他們路上不要挨餓的婦人。她們臉上毫無表情，邊做麵包邊拉開衣服餵小孩吃奶，熱麵包出爐，還要趕走虎視眈眈的小孩，然後把麵包塞進先生的懷裡。

而電影的最後，我們看到去軍營把屍體領回來的，也是這些婦女。電影沒拍，但我們絕對可以想像：未來把那些看著麵包出爐卻被驅趕開的小孩養大的，也還會是這些面無表情的婦人。

其實，這樣的例子到處都有。臺灣當然也有。只是當我們閱讀史料，心裡不捨那些在混亂恐怖時期犧牲生命的菁英的同時，我們經常忘記是誰把他們的孩子教養成人？是誰撐起那個殘缺的家庭？當然是一群婦人，只是我們通常不知道她們的名與姓。

遠的不說，說近的吧。幾年前去南部拍電視節目，田裡女人在施肥，問她們先生怎麼沒來？她們說：「在忙啊！」忙什麼？我問。她們一本正經地回我說：

「忙著在大樹腳譙政府！」

二〇〇四年母親過世。她是一個記憶力超強、又善於講故事的人。經驗中，有一次才剛在樹下聽男人們說完村子裡一個值得尊敬的人，在二二八事件中如何在火車裡被抓，說他如何有學問、待人如何仗義等等；回到家裡，聽見媽媽在跟別人說那個男人的太太，說的卻是她如何用許多碎布縫成漂亮的被子，如何要小孩改吃當時比米便宜的麵粉食品，以及，如何拒絕校長要他們家小孩繼續升學的勸說，理由是：「書念多了，腦袋會跟她們父親一樣，黑白想。」

難怪自己有時會持平地自省：男女在面對同樣的困境時，態度的差異到底在哪裡？我簡單的歸納是：男性想到的似乎是如何打破困境，女性則想著如何帶引大家度過困境。

父親在礦業蕭條時期受傷住在醫院，午後醒來，望著窗外忽然悶叫一聲：「天無天理！」

而同一時候，在礦場挑石頭打零工的母親卻說：「再艱苦也要笑給天看！」

這是家裡的例子。

最近正在寫一齣舞台劇本，寫的是臺灣阿嬤生活的點滴，想以她生命過程中經歷的幾個男人面對時代、文化變遷，以及困境當前的態度，來對照她那種看似軟弱但其實堅定，看似無為其實穿透一切，看似無言其實令人感受深刻的動人形象。

在此同時卻讀到先覺出版社寄來的一本書稿《佐賀的超級阿嬤》。

閱讀過程的心情一如第一次看到《單車失竊記》，差異只是前者輕快明亮，後者凝重深沉；前者的主角是阿嬤，後者的主角是爸爸。

阿嬤以逆來順受、樂觀包容的方式面對貧窮，爸爸則選擇以無力的報復來面對困境。

同樣的時代，同樣的戰敗國，面對同樣的貧窮與生存，卻有著不同的態度，差異彷彿無關國籍，只在性別。

讓我們一起想像，一九四六年夏天的某一天，戰爭結束不久，在義大利一個父親牽著兒子的手滿街找腳踏車的同時，日本佐賀有一個阿嬤正在河邊撈起從上游市場流下來的菜葉，正開心地回家，她的腰間綁著一根繩子，拖著一塊磁鐵，一路走，一些鐵釘、鐵片正往磁鐵集中。

傍晚，當義大利的爸爸不顧兒子的哀求，正在打開別人腳踏車的鎖頭時，日本的阿嬤正從磁鐵上取下一堆歹銅廢鐵，笑逐顏開。

當義大利的小孩驚慌無奈地看著爸爸被眾人責打、嘲弄的時候，日本的孫子卻看到阿嬤得意地跟他說：晚上有野菜雜炊可以吃，是河濱免費超商送來的！

閱讀最大的樂趣無非是與自己的生命經驗相互交換印證。

讀完最大的感想是：

我母親說，再艱苦也要笑給天看。

佐賀的阿嬤卻更犀利，她是：再艱苦，也要讓老天笑出聲音來！

# 目次

# 前言

某天，在晚餐桌上。

「阿嬤，這兩、三天都只吃白米飯，沒有菜耶！」

我才剛抱怨完，外婆就哈哈哈地笑著回答說：

「明天哪，可是連白米飯都沒有喔！」

我和外婆對看一眼，也哈哈大笑起來。

那已經是四十幾年前的事情了。

回想起來，也正是從那個時候開始，整個社會開始發生急遽的轉變。

政府的所得倍增計畫、高度經濟成長、大學學運風潮、全球石油危機、地價飆漲、校園暴力、日圓升值與美金貶值、泡沫經濟、泡沫經濟幻滅、企業削價競爭、就業市場冰河期……

雖然大家都說：「現在的世道真的很不景氣哪！」但其實這根本算不了什麼。

對我而言，感覺上只是又回到和過去一樣罷了。

改變的不是景氣，真正改變的，是人本身。

錢不夠。

不能去大飯店吃飯。

不能出國觀光。

買不起名牌服飾……

人們因為這些理由，而感覺不幸福，於是費盡心思，汲汲營營。

以下要講的話，對於被裁員的人來說或許難堪，但其實，應該將裁員想成是從「早上八點起床、急著擠電車晃到公司、工作、加班、到話不投機的酒席上應酬、坐末班電車回家……」的人生中解脫的契機。

而且，今後該怎麼辦，可以夫妻倆或是全家人一起商量，不會有溝通不足的情況。

事情是正、是反，完全看人怎麼去想。

因為沒有錢，所以不幸福。

我覺得，大家似乎被這種心態束縛得太緊。

因為大人都這麼想，小孩子當然也過得不安穩。

因為不能帶他們去迪士尼樂園，不能幫他們買流行服飾，所以他們也不尊敬父母。

因為成績不好，進不了好學校，連自己都覺得前途黯淡。

因為養出的都是這樣的小孩，每天都過得沒意思，對將來也不抱希望，少年犯罪一逕增加。

其實，就算真的沒錢，心境樂觀也能活得開朗。

為什麼我敢如此斷言？因為我的外婆就是這種人。

我小時候寄養在外婆家。

外婆生於一九〇〇年。

她與二十世紀同時誕生，真的是屬於過去的世代。

外公在一九四二年於戰爭中去世，之後，外婆就在佐賀大學及附屬的中、小學擔任清潔工，獨力撫養兩男五女共七個小孩，熬過艱困的戰後時代。

我到外婆家裡住的時候是一九五八年，外婆五十八歲，還繼續在當清潔工。生活當然不寬裕，但她總是那麼開朗、精神抖擻。

而我呢，在和外婆相依為命的生活中，學到了人的真正幸福。

一九九一年，高齡九十一歲的外婆過世以後，我更深刻體會到外婆留給我的美好觀念。

現在，大家似乎都陷入茫然的錯覺裡。

放棄四十年前確實有過的幸福，一路往不幸的方向前進。

大家都走錯路了！

聽聽佐賀這位超級阿嬤的話吧！

幸福不是受金錢束縛。

是靠自己的心來決定的。

# 第1章

# 背後被推了一把

隔著車窗，我看見母親哭了。我轉過頭，阿姨也哇哇地在哭。

我輪流看著哭個不停的母親和阿姨，笑著說：

「不要緊，阿姨，我可以下一站下車，妳不用擔心啦！」

可是阿姨還是繼續哭，然後淚眼婆娑地說：

「昭廣，你以後要住在佐賀的阿嬤那裡了。」

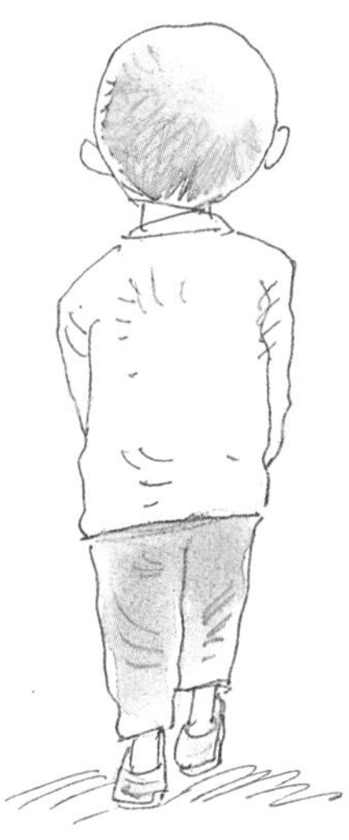

一九四五年八月六日。世界第一顆原子彈投在廣島。
或許，事情的發展就始於這顆原子彈。

如果沒有這顆原子彈，我父親不會年紀輕輕就死了。
我父母結婚後住在廣島，戰況激烈時疏散到母親的娘家佐賀。
他們真的很幸運，沒被原子彈炸到。
可是，超新型炸彈投在廣島的消息，當然也傳到佐賀。
父親擔心家裡的情形，一個禮拜後就獨自回廣島看看情況。
「人都到哪裡去啦？」
看到被炸毀的廣島市區，父親還嘀咕著這種傻話。
父親看到的廣島，就是那樣，什麼都沒有了吧。
所有東西都被炸毀了，所有的人都死了。
而父親也因為這趟廣島之行，丟了性命。
因為當時廣島還殘留有大量的輻射塵，父親得了原爆症。
儘管他只是想去看看家裡的情況……

因為這個緣故，我生下來的時候，父親已經重病在床。

父親和母親那時也才二十多歲。

真是一段令人傷心難過的往事。

但是！

我長大以後，總覺得有點不對勁。

於是，我問母親：

「媽，我生下來的時候，爸爸已經住院了？」

「嗯，住院啦。」

「那，媽媽肚子裡有了我的時候，他還很健康吧？」

「哪有，已經住院囉。」

「那，他這之間有回家療養嗎？」

「他一直住在醫院裡。」

「是嗎？那病房是單人房囉？」

「怎麼可能？那時候的醫院到處都爆滿，哪來的單人房？」

很奇怪吧！在「爆滿」的醫院裡，他們也還真厲害……

但是我再追究下去，母親就紅著臉，嘟嘟囔囔地不知說些什麼，人也一溜煙地不知躲到哪裡去了。

總之，我就是父親的遺腹子。

因為這個緣故，我毫無父親的記憶。

我真的記得，很小的時候，有向某個人揮手說：「早點回來喔。」如果父親一直住院的話，那個人就不是父親了。

因為我也曾輾轉寄住在其他阿姨家裡，或許是跟某位姨丈揮手吧。

不論如何，我開始有比較鮮明的記憶，是在上小學不久前，那時我的世界全都讓母親占滿了。

母親和父親死別之後，在廣島開了家居酒屋，撫養我和哥哥。

店就開在父母以前共同生活的那間屋子裡，在原爆紀念館的旁邊，當時慘遭原子彈荼毒不久，景況幾乎一如貧民窟。每一戶都擅自占地，擺攤開店，擠滿了各式各樣的店家。

母親以家為店，我們只好租住附近一間六張榻榻米大的公寓。

我和哥哥每天留在公寓看家，可是我實在太小，非常依戀母親，常常忍不住哭。

等待母親回家的夜晚總是無盡的漫長，我寂寞地一直哭，讓哥哥很困擾。

我記得我一哭，公寓的房東大嬸就過來跟我說：「不能哭呦！」把我抱在膝蓋上摸我的頭。

那時候的房東都很清楚房客家裡的情況。

家庭成員是不用說了，連收入、欠債都比當事人還清楚。

因此大嬸也很清楚我們家的情況，趕來呵護我。

在家裡嗚嗚哭，頂多吵到鄰居，也就罷了。

麻煩的是，上小學後，我會半夜三更搖搖晃晃地溜出公寓，跑到母親的店裡。

那一帶像貧民窟。

小小的我搖搖擺擺地走到那裡，母親也擔心得不得了。

大概就從那時候起，母親瞞著我進行某個計畫。

我當然一無所知。

小學二年級的某一天。

母親的妹妹喜佐子阿姨從佐賀來玩。

她長得很像母親，代替忙碌的母親帶我各處走走，有時候還讓我枕在她的膝蓋上幫我掏耳朵。

我很快就膩上喜佐子阿姨。

晚上留在家裡時，有喜佐子阿姨在，也不覺得寂寞了。

連晚飯都因為有喜佐子阿姨照應，也變得豐盛好吃了。

我甚至想，阿姨要是一直住在這裡，多好啊！

因此沒隔多久，母親這樣跟我說時，我還用力地點頭。

「昭廣，阿姨明天要回佐賀囉，和媽媽一起到火車站送阿姨吧？」

第二天，我和母親一起到廣島火車站送喜佐子阿姨。

雖說是去送行，但那也是我們母子許久不曾的出遊。

我盛裝打扮，皮鞋擦得亮晶晶，左右手分別讓母親和阿姨牽著，興奮得不得了。

咻、咻、咻、咻……

走進月台不久，火車冒著蒸氣進站了。

「現在進站的是開往長崎的特快車『燕子號』……」

那是阿姨要坐的火車。

阿姨雖然上了火車，卻沒離開車門踏階。

「秀子姊，再見囉。」

「喜佐子，代我向媽問好啊！」

兩個人依依不捨地話別。

我也覺得和阿姨分開很難過。

「喜佐子阿姨，要再來喔！」

說著，仰頭望著阿姨的臉。

「嗯……」

像配合阿姨用力點頭的信號般，開車鈴聲響起。

就在車門關上之際——

「咚！」的一聲，我踉蹌地向前一撲。

當然，就算是很久以前，開車鈴聲也不是「咚！」更不會把人向前推。

本來還依偎在母親懷裡的我回頭一看……

推我的竟然是母親！

「媽媽，妳幹嘛啊？」

那時，我人已經在火車上了。

緊接著，車門像接收到信號的夥伴一般，倏地關上，火車冒著漆黑的蒸氣，緩緩開動。

當然，還載著我。

「是媽媽推我的。」

隔著車窗，我看見母親哭了。

我轉過頭，阿姨也哇哇地在哭。

當時的火車不像新幹線那麼快，我可以清楚看見在月台上哭泣的母親。

我輪流看著哭個不停的母親和阿姨，笑著說：

「不要緊，阿姨，我可以在下一站下車，妳不用擔心啦！」

可是阿姨還是繼續哭，然後淚眼婆娑地說：

「昭廣，你以後要住在佐賀的阿嬤那裡了。」

那一瞬間，我愣在那裡，不知該說些什麼。

「對不起，這事沒告訴你，可是萬一說了，你一定不願意的，留在廣島，對你的教育不好，大家商量後，只有拜託阿嬤照顧你了。」

了解事態以後，這下輪到我哭了。

我完全被蒙在鼓裡。

說什麼給阿姨送行，其實是母親給我送行。

這下，我也明白盛裝打扮和閃亮皮鞋的用意了。

這件事情變成一個心結，直到現在，就算是演得再怎麼假惺惺的電視劇，只要看到母子生離的場面，總是讓我無法不流淚。

常常有人講到人生轉捩點時說：「那時候，某某人在背後推了我一把，讓我終於下定決心。」我每次聽到時心裡就想：

我的人生，真的是被母親從背後推了一把而改變的。

# 第2章

# 從貧窮到貧窮

那是一棟座落在河水和芒草之間，

就像從日本古老故事中冒出來的、孤絕寂寥至極的破茅屋，

而且，屋頂有一半的茅草剝落了，釘上鐵皮。

「昭廣，就是這裡。」阿姨停在那間草屋前。

我的腦中一片空白。

咯噔咯噔、咯噔咯噔、咯噔咯噔、咯噔咯噔……

火車每搖晃一次，我和母親就離得更遠一點。

我不停地哭。

喜佐子阿姨可能因為欺騙了我而感到內疚，也沒安慰我，只是默默坐在旁邊。

和母親分離，我好傷心、寂寞。

我想，這輩子都不會再有比這更難過的感覺了吧。

可是，人生這玩意兒好像是一開始轉變就沒完沒了。

而變化很快就來臨了。

「這是哪裡？」

在佐賀火車站下車時，我不覺地問。

雖然還是黃昏時刻，但鎮上已經一片漆黑。

廣島雖然化成了貧民窟，但畢竟是個都市，商店都開到很晚，夜路不覺得那麼幽暗。

正因為這樣，小小的我才會起意走到母親的店裡去。

但是這裡沒有店家的紅燈籠，沒有來往的行人。

車站前只有五、六家相連的餐館。

我不知道這地方對我的教育有什麼好處，只想到從明天開始要在這麼冷清的地方生活，先前的擔憂加上恐懼，不安得令人受不了。

阿姨沿著河堤邊的漆黑道路，快步走向更黑暗的地方，不知要走到哪裡。

大概走了四十分鐘，年幼的我感覺那段時間長得像永遠一樣。

季節已是秋天，河灘上芒草叢生，感覺更寂寥。

我的心情好像童話故事裡那個不知要被賣到何方的小孩。

人在極限狀態下都會激發出動物的本能嗎？

直到現在，我還清楚記得當時的感覺，唯獨那棟房子，就像特寫鏡頭般，猛然躍進我那滿懷不安、無法好整以暇打量四周的眼睛裡。

就在同時，我的大腦發出警告。

「不是吧？千萬別是那棟房子啊！」

那是一棟座落在河水和芒草之間，就像從日本古老故事中冒出來、孤絕寂寥至極的破茅屋。

而且，屋頂有一半的茅草剝落了，釘上鐵皮板。

「昭廣，就是這裡。」

果然，阿姨停在那間草屋前。

我腦中一片空白。光是想像住在這間破茅屋裡的外婆的模樣，就覺得害怕。

因為，這簡直像是山姥姥或其他怪物住的房子。

「媽，我們到了。」

阿姨用力拉開大門，出乎意料地，裡面走出一位個子很高、皮膚白皙、氣質高雅的老太太。

老實說，我覺得有點掃興。

阿姨站在我和老太太之間說：

「昭廣，這是外婆。」

然後堆滿了笑，對著茫然不語的我加上一句：

「小時候見過的，記得嗎？」

阿姨是努力要讓我適應，可是我那時還很小，怎麼可能記得？

「阿姨要回去囉……媽，過兩天再來看妳。」

阿姨還是心虛吧，她也沒進屋，就匆匆回去了。

我和初次見面的外婆，突然就這麼陷於獨處。

那時我雖然還小，卻也期待著親切的問候，像是：「來了真好，肚子餓不餓啊？」或是：「雖然會寂寞，但是要和阿嬤一起努力呦！」

可是，外婆第一句話卻是：「跟我來！」

她大步跨出後門，走向旁邊一間小屋。

只有兩個榻榻米大的小屋裡面，有一個大爐灶。

我還茫然搞不清楚什麼是什麼，外婆就對我說：

「從明天開始，你就要煮飯了，好好看著！」

說完，開始幫爐灶生火。

我雖然聽到外婆說的話，但完全無法思考那是什麼意思。

我呆呆地看著外婆生火，把稻草和木片丟進爐門裡，調整火勢。

隔了一會兒，外婆說：

「來！你做做看。」

說著，把她剛才用來吹火的竹管遞給我，我接過竹管，莫名其妙地「呼——呼——」吹著。

我的腦中漸漸充滿了問號。

「為什麼非得吹這個不可？我要自己煮飯，這是怎麼回事？」

可是，外婆還在旁邊囉唆個沒完。

「那樣太用力啦！」

「時間隔太久，火就熄啦！」

我照外婆的指示，「呼——呼——」吹著，專心一意地生火。

當我累了，吹出的氣弱時，眼看著火苗就要熄滅。

我趕忙又拚命地「呼——呼——」吹。

可是吹得太用力，火花四濺、濃煙嗆人，把我熱個半死。

面對熊熊燃燒起來的火燄，年幼的我確實感覺到，我必須在這裡生活了。

那已經是無可改變的事實了。

被濃煙一嗆，加上悲傷，淚水不斷湧出來，那就是八歲的我突然面對的現實。

第二天早上起來時，外婆已經出去了。
她說每天早上四點要起來出去工作。
沒時間幫我做早飯，因此我一到，就急著教我怎麼煮飯。
而且，她昨天還交待我一個重大的任務。
要把剛煮好的白米飯供在佛前。
外婆昨晚很慎重地在佛前合掌報告：
「明天開始，就由昭廣供飯了。南無阿彌陀佛、南無阿彌陀佛……」
我照外婆昨晚教我的，生火煮飯，但不知道哪裡不對，煮出來的飯硬邦邦的，雖然像沒煮熟，但是底部已經焦了。
我也沒辦法，只好把硬邦邦的飯供上神龕，照外婆教我的，雙掌合十唸：
「南無阿彌陀佛、南無阿彌陀佛……」
然後，一個人吃早飯。
我想念母親煮的熱騰騰的白米飯，昨天早上才吃過，感覺卻像是好久以前的事了。

早飯後無事可做，我走到屋外。

昨天抵達時漆黑中寂寥不已的風景，早晨看來非常美。

門前隔著四、五公尺寬的馬路，是一條河，河面約八公尺寬，流水清澈。

河堤上芒草在秋風中搖擺。

天空也比廣島的更藍、更高，我出神地望著遼闊的天空，看見一隻大鳥悠悠飛過。

我不覺喊著：

「媽，你看！看！」

母親不在，我該知道的……

我坐立不安，撿起腳邊的石頭，用力丟到河裡。

一遍，又一遍，不停地丟。

我站在堤防上，茫然望著白天時來往行人頗多的門前馬路，沒多久，就遠遠看到外婆回來的身影。

外婆的工作是清掃佐賀大學和佐大附屬中、小學的教職員室，快的話早上十一點左右就可以回家了。

走在回家路上的外婆，樣子有點奇怪。

她每走一步，就發出「嘎啦嘎啦」「嘎啦嘎啦」的聲音。

我仔細一看，她腰間好像綁著一條繩子，拖著什麼東西在地上一路走來。

「我回來啦。」

外婆還是發出「嘎啦嘎啦」的聲音，若無其事地招呼我一聲，就走進大門。

我跟在後面進門，外婆正拆下她腰上的繩子。

「阿嬤，那是什麼？」

「磁石。」

外婆看著繩尖說。

繩子尖端綁著一塊磁石，上面黏著釘子和廢鐵。

「光是走路什麼事也不做挺可惜的，綁著磁石走，你看，可以賺到一點。」

「賺到？」

「這些廢鐵拿去賣，可以賣不少錢哩！不撿起掉在路上的東西，會遭老天懲罰的。」

外婆說著，拔下磁石上的釘子和廢鐵，丟進桶子裡。
桶子裡已經收集了不少戰利品。
外婆出門時，好像一定會在腰間綁著繩子。
我簡直看呆了。
外婆真是能幹得從外表一點也看不出來。
但這還不是讓我最驚訝的事。
外婆把釘子鐵屑都丟進桶子後，又大步走到河邊。
我跟在後面，不知道她為什麼探頭看著河水微笑。
「昭廣，幫我一下！」
她回頭叫我之後，轉身從河裡撈起木片和樹枝。
河面架著一根木棒，攔住一些上游漂流下來的木片和樹枝。
之前我到河邊張望時，還在好奇那根木棒是幹什麼的，根本想不到是外婆用來攔截漂流物的法寶。
外婆把木棒攔下來的樹枝和木片晒乾後當柴燒。
「這樣，河川可以保持乾淨，我們又有免費燃料，真是一舉兩得。」

外婆豪爽地笑著說。

回想起來，外婆早在四十五年前就已經致力於資源回收利用了。

木棒攔住的不只是樹枝、木片而已。

上游有個市場，尾端岔開的蘿蔔、畸形的小黃瓜等賣不出去的蔬菜都被丟進河裡，也都被木棒攔住了。

外婆看著奇形怪狀的蔬菜說：

「尾端岔開的蘿蔔，切成小塊煮起來味道一樣。彎曲的小黃瓜，切絲用鹽抓一抓，味道也都相同。」

的確。

還有一些表皮受傷的水果，也因為賣相不好而被丟棄。

但是對外婆來說，那些菜「只是傷到一點而已，切開來吃，味道一樣」。

也確實如此。

就這樣，外婆家大部分的食物，都仰仗河裡漂來的蔬果。

而且，夏天時番茄經過河水冰鎮漂流下來，更加理想。

甚至有時候，會漂來完好無傷的蔬菜。

當時，市場批進的蔬菜還沾滿泥土，需要兼差的歐巴桑在河邊沖洗乾淨，通常都是三十幾個人一邊聊天一邊洗菜，總有人不小心手一滑，蔬菜就隨波流走了。

還有，大白菜有點重，歐巴桑洗乾淨甩水時，即使沒失手滑到水裡，也會有幾片外側的葉子脫落掉進河裡。

每天，都有各式各樣的東西順流而下，被木棒攔住，因此外婆稱那條河是我們家的「超級市場」，她探頭望著門前的河水笑著說：「而且是宅配到府，也不用算錢。」

偶爾，木棒什麼也沒攔到，她就遺憾地說：「今天超市休息嗎？」

外婆說這個超市只有一個缺點。

「即使今天想吃小黃瓜，也不一定吃得到，完全要聽憑市場的供應。」

真是無限開朗的外婆啊。

別人家是看著食譜想著要做什麼菜，外婆是看著河裡想：「今天有什麼東西呢？」再決定菜單。

外婆畢竟對那條河的情況瞭若指掌。

有時候漂來一個蘋果箱子。
裡面塞滿米糠，米糠上放著腐爛的蘋果。
我拿著斧頭，心想把米糠丟掉，只留箱子當柴火時，外婆就說：「你先摸摸米糠裡面！」
「啊？」
我心想：「為什麼？」但還是乖乖地伸手去摸，裡面竟然還留著一顆完好無缺的蘋果。
我訝異外婆真像個預言家。
又有的時候，會漂來一隻很新的木屐。
「只有一隻，沒辦法，當柴燒吧！」
我拿起斧頭時，外婆又說：
「再等兩、三天吧，另一隻也會流下來的。」
我想再怎麼幸運，也不會有那麼好康的事吧。可是兩、三天後，另一隻木屐真的流下來了，嚇我一跳。
「那個人掉了一隻木屐之後，一時還捨不得，但是過了兩、三天就會死心，把另外一隻也扔了，這樣，你就剛好湊成一雙了。」

外婆的智慧，讓我驚奇不已。

在我親眼看見外婆的生活方式後，更能實際體會。

但是，初見這棟房子時的不祥預感仍然準確無誤。

我在廣島時雖然也窮，但在這裡，我卻淪入更低一級的赤貧階層了。

不過，那也是一般人體驗不到、非常快樂的歲月的開始！

# 第3章

# 皮鞋晶亮的轉學生

「我今天也跑得很認真喔。」我得意地向外婆報告。

「不要跑得那麼拚命！肚子會餓啊。

還有一點，你跑步時穿著鞋子嗎？」

「是啊。」

「傻瓜，要光著腳跑啦！鞋子會磨壞的。」

可是我沒聽從這兩個吩咐，每天還是拚命地、

當然也穿著鞋子繼續跑。

我轉到佐賀的小學，上學第一天，外婆帶我去學校。

外婆家座落的那條路，很難得的還是在佐賀城內。

佐賀是以佐賀舊城遺址為中心，北、西、南三邊圍著護城河，街上有縣政府、博物館、美術館等，什麼都有。

我剛到時，訝異於那超鄉下的景觀，但這一帶確實是佐賀的市中心區。

外婆家前面那條被她稱為「超級市場」的河，是多布施川的支流，接到護城河。

但是，舊城的主體建築已經蕩然無存，只剩下正門的鯱門和石牆。

我轉學的赤松小學就在舊城遺址上，穿過鯱門，就是充當低年級教室用的古老茶室。

我穿上表哥給我的金鈕扣制服和那雙亮晶晶的皮鞋，到了學校，大吃一驚。

廣島因為完全遭到破壞，因此所有的建築物都是新的，小學也不例外，都是戰後興建的現代校舍。

可是在佐賀，我被帶進老舊的奇怪建築裡。

老師和外婆表情一如平常，一邊閒聊一邊走在陰暗的建築中，我跟在後面，心想：

「這裡真的是小學嗎？」

老師用力拉開教室的門，這裡以前是個茶室，鋪著榻榻米，每個人都跪坐著。

我霎時覺得時光飛移到好幾十年前。

我很驚訝，大家也很驚訝，都狐疑地看著穿著金鈕扣制服的我。

「這是廣島來的德永昭廣君，大家要好好相處喔！」老師把我介紹給大家。

那時在佐賀人眼中，廣島是一個大都市，而我那不合時宜的金鈕扣制服和皮鞋，看起來就像個裝模作樣的都市小孩，讓他們想找我的碴。

老師督促我坐到位子上之後，旁邊的小孩跟我說：

「你媽好老喔！」

我低下頭。

我想說：「她不是我媽，是我外婆！」可是我覺得好像會對不起送我來學校、還站在教室裡的外婆，所以沒開口。

外婆訕訕地對我笑笑，和老師殷勤寒暄後便回去了。

一開始，同學們對我敬而遠之，但只有一段很短的時間。一個月後，我已經完全融入新學校裡了。

在渾身是泥的追逐奔跑中，皮鞋很快就破破爛爛了，於是我跟附近的孩子一樣穿著木屐。

母親不在身邊，我還是很寂寞，但是鄉下生活雖然窮，也有相應的樂趣。雖然不能去柑仔店買零嘴吃，但樹上的果實也足夠充當零食。

我在佐賀最先吃到的是朴樹果。

漆黑的小果子乍看起來很難吃，但味道酸酸甜甜的，有點像杏子。

河邊有棵大朴樹，樹幹岔開兩股，有個樹瘤，讓人看了就想爬上去。

大夥兒一齊爬上去摘樹果，果子很小，每個人不吃上幾百顆不覺滿足。

我們常常七、八個人一齊爬上樹，攀著樹枝、摘了果子就往嘴裡丟。

那是爬樹遊戲和零食時間融為一體的悠閒快樂時光。

時值秋天，另外還有茱萸果、柿子等許多水果，對廣島都市長大的我來說，都是新鮮事。

當然，那樣的遊戲不需要花錢。

爬樹、在河邊追逐，轉眼間就天黑了。

玩具也是自製的，我們還會在樹上搭建祕密基地，做個竹筏，到河水上划著玩。

做為材料的木頭，要多少有多少，也完全不需要錢。

這樣的日子雖然快樂，但那時候劍道也開始流行起來。

附近零零星星有幾個孩子去道場學劍，我也和附近的野孩子偷偷跑去看。

那些平常和我們一起滿身泥巴追逐奔跑的同伴，在道場裡穿著道服，神情肅穆地揮著竹刀。

那種模樣就是沒來由的覺得帥，讓人心想也要學劍道。

我趕緊跑回家跟外婆說。

「阿嬤，我今天去看劍道了。」

「喔。」

「很帥哩！」

「很好啊。」

「我也想學劍道。」

「學學也好！」

「真的？」

「想學就學啊。」

「真的可以嗎？那明天陪我去道場報名，他們會告訴我們要買哪些護具和面罩。」

「咦？要花錢啊？」

「嗯，要錢啊。」

就在我最後那個「啊」字還沒說完時，外婆的態度突然一變。

「那就別學了！」

「啊？」

「別學了。」

「可是你剛剛……」

「別學了。」

不管我說什麼，她就是堅持「別學了」這句話。

我好失望。

雖然無奈，但總忘不了戴著護具揮舞竹刀的帥勁。

一個同學對垂頭喪氣的我說：

「德永君，我們去學柔道吧？」

於是放學後，又趕緊跑去看，雖然不像劍道那樣迷人，但只需要買柔道服就行了。

我上氣不接下氣地跑回家裡纏著外婆：

「讓我學柔道，不像劍道那麼花錢的。」

「免費的嗎？」

「不是免費……」

「別學了。」

要是在平常，我不會再任性地多說什麼，但那時候我抱著想學一種運動的憧憬。

我拚命要讓外婆知道，我想學一種運動。

外婆仔細聽了我的話後，用力點點頭。

「我明白了，既然這樣，是有個好運動。」

「什麼？」

「明天開始跑步吧！」

「跑步？」

「對，不需要護具，腳踩的地面也是免費的，就跑步吧！」

這話聽起來好像哪裡怪怪的，但我還只是個孩子，總之就答應去跑步了。

話雖如此，學校裡並沒有田徑隊，我只是一個人在校園裡跑步而已。

放學後大夥兒快快樂樂地在打躲避球還是玩其他活動時，我就在一旁默默地全速奔跑五十公尺，一遍又一遍。

或許別人看我是個怪人，但我自己是很認真地練習跑步。

要說我有多認真呢？以前一放學就和同學跑到河邊玩耍，從我開始練習跑步後，總要遲到三、四十分鐘。

每天就只是跑。

「我今天也跑得很認真喔。」我得意地向外婆報告。

可是外婆卻說：

「不要跑得那麼拚命！」

「為什麼不能拚命跑？」

「因為肚子會餓啊。」

「喔……」

她還想說些什麼，我要離開時，她一把拉住我說：

「還有一點，你跑步時穿著鞋子嗎？」

「是啊。」

「傻瓜，要光著腳跑啦！鞋子會磨壞的。」

可是我沒聽從這兩個吩咐，每天還是拚命地、當然也穿著鞋子繼續跑。

以樹果為零食、自己做玩具、運動也只是跑步，實在是非常簡單的貧窮生活。

我還是個孩子，也不覺得這樣有什麼辛苦難過，有一天，我心血來潮地對外婆說：

「阿嬤，我們家現在雖然窮，以後有錢就好了。」

可是外婆這樣回答我：

「什麼話？窮有兩種，窮得消沉和窮得開朗。

我們家是窮得開朗。

而且啊，我們跟最近才變窮的人不一樣，不用擔心，要有自信。

因為我們家祖先可是世世代代都窮的喔。

做有錢人很辛苦的，要吃好東西、要去旅行，忙死了。而且，穿著好衣服走在路上，還要小心不能跌倒。

光從這一點來看，窮人一開始就穿著髒衣服，淋了雨、坐在地上、跌倒都無所謂。

啊，貧窮真好！」

我只能說：

「……阿嬤，晚安。」

# 第4章

# 有來頭的貧窮生活

「魚骨含有鈣質，吃吧！」

外婆這麼說，連相當粗的魚骨頭都叫我吃下去。

絕對咬不碎的硬魚骨，就放在碗裡，

澆上熱開水，沖成大骨湯喝下去。

剩下的魚骨再拿去晒乾，用菜刀剁碎壓成粉，當做雞飼料。

外婆總是這麼得意地說：

「只有撿來的東西，沒有扔掉的東西。」

正因為勇於抬頭挺胸說：「我們祖先世世代代都窮！」外婆的貧窮生活還真是堅定徹底。

我讀小學低年級時，戰爭傷痛猶深，大家都窮，很多孩子都無法吃飽喝足。於是，學校會定期為學童做營養調查，問些「今天早上吃了什麼？」「昨天晚上吃了什麼？」之類的問題，我們就把答案寫在筆記本上交出去。

「早飯吃了龍蝦味噌湯。」

「晚飯吃了烤龍蝦。」

級任老師看我連續幾天都這樣寫，有一天放學後，表情狐疑地來到我們那破破爛爛的家；他大概覺得這麼窮苦人家的小孩，每天都吃兩餐龍蝦很奇怪吧！

老師把筆記本拿給外婆看，問說：

「這是德永君的答案，是真的嗎？」

我氣得辯駁說：

「我沒有說謊亂寫，對不對？阿嬤，我們每天早飯、晚飯都是吃龍蝦嘛！」

外婆霎時哈哈大笑。

「老師，對不起，那不是龍蝦，是螯蝦啦，只是我都跟這孩子說是龍蝦……」

「這樣啊？」

「看起來一樣嘛！」

「……唉，真是。」

老師也哈哈大笑，這件事總算搞清楚了。

外婆叫我吃螯蝦，跟我說是龍蝦，沒吃過龍蝦的我，真的完全相信她。

順便提一下，我們家專屬的「河濱超市」可以常常撈到螯蝦。

這是外婆對我唯一一次無惡意的謊言。

又有一次，發生這樣一件事。

夏天，我到朋友家玩，發現有趣的東西。

是西瓜做的面具。

因為那裡是農家，有堆積如山的西瓜。

就像現在萬聖節時用南瓜做的面具一樣，那個面具是用西瓜做的。

「好有趣，真好。」

我讚不絕口，朋友就把那個西瓜面具送給我。

我喜不自勝，很慎重地抱回家給外婆看。

「阿嬤，好不好看？」

「唔，很有意思。」

外婆也贊同地看著。

晚上睡覺時我把西瓜面具放在枕邊，想說明天帶到學校向大家炫耀。

可是早上起來，想再看一眼枕邊的西瓜面具時，東西卻無影無蹤了。

外婆去上工了，不在家，我沒辦法，只好上學去，放學回家後再問外婆。

「阿嬤，我的西瓜面具到哪裡去了？早上起來就沒看到了。」

「啊，那個啊……」

外婆笑嘻嘻地讓我看看玻璃盤子。

「看，很好吃吧？」

西瓜皮正在盤子裡醃著。

從這些小故事就可以明白，在窮人生活中，最要緊的是每天的飲食。

屋子破爛，還能遮風避雨；衣服不求奢華，也不愁欠缺，總有表哥穿過不要的給我。
只有飯是每天非吃不可，因此外婆對吃的智慧也就格外精明。
首先，外婆很愛喝茶。喝過茶就會有茶葉渣，她把茶渣晒乾，用平底鍋煎脆後灑上鹽巴，就變成「茶葉香鬆」。如果在現在，可以打著富含兒茶素的「外婆香鬆」名稱大賣特賣也說不定。
再來是魚骨。
「魚骨含有鈣質，吃吧！」
外婆這麼說，連相當粗的魚骨頭都叫我吃下去。但總有些魚骨是絕對咬不碎的硬骨，像鯖魚的骨頭，每次吃完魚肉後，就把魚骨放在碗裡，澆上熱開水，沖成大骨湯喝下去。這還沒完，剩下的魚骨再拿去晒乾，用菜刀剁碎壓成粉，當做雞飼料。其他還有蘋果皮、有傷痕的蔬菜等都當做雞飼料。
外婆總是這麼得意地說：
「只有撿來的東西，沒有扔掉的東西。」
說到撿來的東西，「河濱超級市場」每年都有一場美食盛會。

就是中元節。

在九州，中元祭祀的最後一天有送神的「精靈流」儀式，就是在小船上載著鮮花、食物，順著河水漂流而下。

聰明的人或許已經猜到，從上游漂流下來的小船，當然又被外婆的木棒攔住了。

外婆撈起小船，拿起上面的蘋果、香蕉等水果。

我是很想吃蘋果、香蕉，可是第一次看到外婆這麼做時，感覺會遭老天懲罰。

「阿嬤，這是供給菩薩的東西吧！」

「嗯。」

「這樣做不會遭老天懲罰嗎？」

「什麼話？這樣放任它們流下去，水果腐爛了，會污染大海，也造成魚類的困擾。」

她這麼說著，撈起一艘艘小船，手不停歇地只拿起水果。

「可是……」

外婆繼續說：

「船上還載著已死的人的靈魂，不好好送回河裡不行。」

說著，又把小船恭敬地放回河裡，並雙掌合十說聲：「謝謝。」

外婆是信仰虔誠的人。

前面也寫過，她每天早上供佛的食物從不缺席，即使這麼窮，外婆對寺廟的捐獻和佛事的奉獻也絕不吝惜。

如果有菩薩因為我們這每年一度的美食盛會而懲罰我們，會讓人覺得菩薩沒有菩薩心腸吧。

第5章

# 最喜歡、也最討厭的運動會

同學們三三兩兩分散到校園各處，和來加油的家人一起吃便當。

「你表現得很好喔！」「受傷沒有？」

「我帶了你喜歡吃的香腸。」

誇獎的、擔心的、充滿愛意的話語交織中，

我胸前別著冠軍的綵帶獨自走著。

來到佐賀，一年的歲月過去了。

這期間，我因為外婆建議而埋頭勤練免錢的跑步運動成果，出乎意料地豐碩。

我跑步快得連自己都驚訝。

馬上就要運動會了，我對賽跑很有自信，因此無論如何都希望母親能來看我的運動會。

「媽，我跑得超快，練習時都是第一，所以運動會時妳一定要來！」

我用彆腳的文字認真地寫了信寄去，可是答覆是「不能來」。

我雖然知道母親為了給我寄生活費必須拚命工作，但還是覺得很失望。

連那打從心底讓我高興的運動會，也突然變得無趣了，我甚至自暴自棄地想：「要是下大雨就好了。」

運動會那天早上，外婆奇怪的叫聲把我吵醒，將我的感傷情緒一掃而空。

「生啊！生啊！」

外婆的奇怪聲音從院子裡傳來。

我不知是怎麼回事，往院子裡一瞧，外婆好像在對母雞說：「生蛋！」

當時外婆家養了五隻雞，可是不一定每天都會生蛋，而且我們沒有冰箱，當天生的蛋當天就要吃掉。

平常日子學校有供應營養午餐，但是運動會那天要自己帶便當，外婆大概想至少該讓我帶一個荷包蛋吧。

稍微離題一下，當時很多人都說營養午餐很難吃，可是對我來說，卻是最好的大餐，是我營養補給之源。同學們嫌「腥」而不喝的脫脂牛奶，我可以喝上五、六杯。他們嫌「硬」而不吃的橄欖形麵包，我寧可不裝教科書也要把麵包塞進書包裡帶回家。

帶回家的橄欖形麵包用炭火烤一烤，整間屋子裡瀰漫香氣，外婆高興地把又熱又香的麵包送進口裡說：

「跟法國人一樣耶！」

我說：「要是還有乳瑪琳就好了。」

她就會回答：「我不認識那個什麼琳的外國人。」

言歸正傳，回到運動會那天早上的「生蛋騷動」。

「生啊！生啊！」

「ke—ko——、ke—ko——（雞叫聲）。」

「什麼不要*？你不生嗎？」

「ke—ko——、ke—ko——。」

「你知道今天要開運動會吧？生！快生！」

「ke—ko——、ke—ko——。」

「你這隻笨雞，快生！」

我很感謝外婆的心意，但是這話對雞也太傷了。

我看著外婆和母雞對峙好一會兒，察覺一件奇妙的事情。

外婆起勁的「生啊！生啊！」吆喝聲後，就有「嗨！嗨！」的回應。

「生啊！生啊！」

「嗨！嗨！」

「生啊！生啊！」

「嗨！嗨！」

我仔細聆聽，回應聲是從隔壁傳過來的。

原來隔壁的大嬸叫吉田梅**。

結果，外婆的吆喝「勸說」沒有成功，我只好帶著白飯配上梅乾、甜薑片的簡素便當出門。

天氣真是好到令人惱恨，不過我已經不討厭運動會了。

母親不能來固然遺憾，但我還是要打起精神努力表現。

「宣誓！我們誓言要本著運動員的精神，堂堂正正地比賽。」

六年級的同學代表宣誓後，我在佐賀的第一場運動會開始了。

我參加的是低年級的五十公尺賽跑，是上午進行的最後一個項目。

滾大球、體操等節目逐一進行後，終於輪到五十公尺賽跑，我配合輕快的音樂進場。

那時充滿自信的我，只有一點點緊張。

---

*日語的「不要」（kekkō）諧音近雞叫聲。

**日語的「梅」和「生啊」都讀作ume。

「就位、預備……」

「碰！」

起跑的槍聲響起，第一組跑者向前衝出。

「碰！」

「碰！」

「碰！」

配合槍聲信號，選手一個接一個向前奔出。

其中有個一直領先的小孩，在中途摔了一跤，掉到最後，忍不住哭了。

看得我有些心驚。

終於輪到我了。

「就位、預備、碰！」

我奮力向前衝。

我竭盡全力大步向前，跑在每天獨自奔跑的運動場上。

天空湛藍，周圍響起家長為子弟加油的歡呼聲。

我忘情地向前奔跑，回過神時，已經一馬當先衝破終點線。

「媽，我跑第一哩！」

母親雖然沒來，但是我寫信告訴她的話，她一定會高興吧。那時，我希望一直維持那種感覺。

可惜，那種爽快的心情沒有持續多久。

「現在是快樂的午休時間，大家可以和爸爸媽媽一起享受便當囉！」

教務主任的聲音從播音器流出來，同學們三三兩兩分散到校園各處，和來加油的家人一起吃便當。

「你表現得很好喔！」

「受傷沒有？」

「我帶了你喜歡吃的香腸。」

誇獎的、擔心的、充滿愛意的話語交織中，我胸前別著冠軍的綵帶獨自走著。

這個時候比我賽跑時沒人幫我吶喊加油更難過。

「德永君，你的腳好快喔！一起吃便當吧？」

認識的鄰居阿姨邀我。

「不用，我媽在那邊等我。」

我撒了任何人都知道的謊，獨自跑到教室裡。

外婆也沒來運動會。

不只是運動會，其他的教學參觀日她也沒來過。

好像是轉學來那天被說「好老」的事一直掛在她心上，她好像覺得來了我會感到丟臉。

我跑進教室，坐在自己的位子上。

校園那邊傳來蜜蜂震動翅膀般的嗡嗡嘈雜聲音。

我含著淚水，正要打開簡素的便當時，教室的門突然打開。

「喂，德永，你在這裡啊！」

是我的級任老師。

「老師有事嗎？」

我趕忙擦擦眼睛。

「呃，我們交換便當好嗎？」

「嗯？」

「老師剛才不知怎麼的，肚子一直痛，你的便當有梅乾和甜薑片吧？」

「對。」

「太好了，那個對肚子很好，我跟你換。」

「好啊。」

我和老師交換了便當。

「謝謝你。」

老師拿了我的便當走出教室。

「肚子痛嗎？真糟糕！」

在這麼想的同時，我打開老師的便當，不覺歡呼起來。

炒蛋、香腸、炸蝦，老師的便當塞滿了我從沒見過的豪華菜色。

我忘情地吃著。

世界上竟然有這麼好吃的東西！太好吃了。

拜老師肚子痛之賜，我消沉的心再度充盈飽滿，在下午的接力賽中大大活躍了一番。

而後，又過了一年。

三年級的我，還是運動會中的英雄，但母親依然因為工作忙沒來。

又是午休時間。我正要吃便當時，教室的門又突然打開，老師走了進來。

「喂，德永，你今年也是一個人在這裡吃啊？」

「是。」

「老師肚子痛，你的便當有梅乾和甜薑片吧？我們換便當吧？」

「好啊。」

我當然很高興地交換，又享用了老師的豪華便當。

又隔了一年，我四年級的級任老師是女的。

我在運動會上還是大大活躍，但母親還是沒來。

又是午休。

教室的門打開。

「德永君，你在這裡啊，老師肚子痛，和你換便當好嗎？」

怎麼，連新的級任老師也說肚子痛？

我很認真地想，這間學校的老師在每年一次的運動會時都會肚子痛吧？

直到小學畢業，我都是運動會中的英雄，母親一次也沒來。

而每一年，我的級任老師到運動會時都會肚子痛。

我明白老師肚子痛的意義，是六年級第一次跟外婆說起這事時。

「奇怪哩，他們一到運動會就肚子痛。」

「是藉口啦，老師特意這麼做的。」

「啊？可是他們說肚子痛……」

「那是真正的體貼啊！他們如果說幫你帶了便當，你和外婆都會難堪吧？所以老師都假裝說肚子痛，要和你換便當。」

學校老師都知道我母親不能來參加運動會，因此想出這個每年至少一次讓我吃到美味食物的策略。

真正的體貼是讓人察覺不到的。

那好像也是外婆的人生信條，我後來也多次從外婆嘴裡聽到這番話。

直到現在，運動會的便當故事，還是深深印在我心裡的「真正體貼」之一。

第6章

# 熱水袋帶來的幸運

遠足那天早上，我問外婆：「有沒有水壺？」

外婆很快就說：「把茶裝進熱水袋裡拿去就行了。」

「啊？熱水袋？」

可是有總比沒有好，我真的把茶裝進熱水袋裡帶出門。

但那畢竟是熱水袋，身上綁著它走在路上，

一整天都覺得丟臉死了。

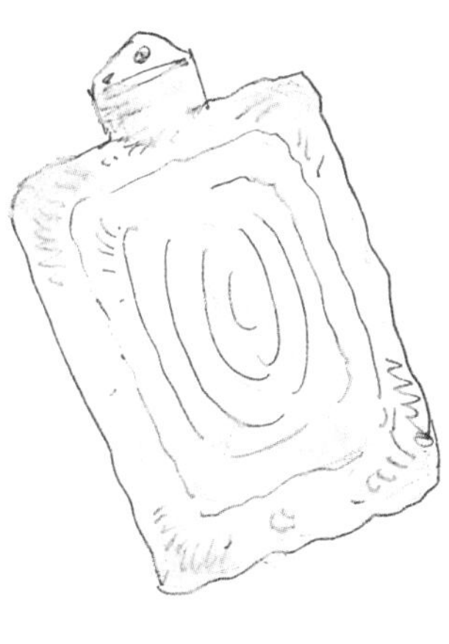

佐賀地處南方，很多人以為那裡天氣溫暖，其實九州的冬天出乎意料地冷。外婆家是老式的日本房子，更是寒意徹骨；而且，人似乎一冷就會消耗皮下脂肪，總覺得肚子空空的。尤其是真正飢餓時，感覺更冷。

小學三年級某天，正是秋涼已深、寒氣逼人的時候。

我放學回家，書包還沒放下就嚷著：

「阿嬤，好餓喔！」

可是家裡那天一定什麼都沒有，外婆冷不防回了我一句：

「是你神經過敏啦。」

聽她這麼一說，才九歲的我也只能乖乖地以為「是這樣啊」。不吃飯，做什麼好呢？我們家沒有收音機，當然也沒有電視看。

窮極無聊的我嘀咕著：「去外面玩耍吧？」

外婆竟然對我說：

「不行，出去玩會肚子餓，你去睡覺吧！」

我看看鐘，才下午四點半耶！再怎麼說都還太早吧！可是因為實在太冷，我乖乖地鑽進被窩，不知不覺睡著了。

大概晚上十一點半吧，儘管外婆一直說我是神經過敏，但我真的是餓到醒過來。我搖醒睡在旁邊的外婆說：

「我真的肚子餓啦！」

這回她卻跟我說：

「你在做夢！」

因為在被窩裡，我有一瞬間真的以為是在做夢……但終究因為肚子太餓又寒冷，我落下淚來。

好不容易熬到第二天清晨，我向外婆說想吃早餐，她竟然說：

「早餐昨天不是吃過了嗎？趕快去上學，學校有營養午餐喔！」

就這樣，我熬過了兩餐。

外婆總是很開朗，但在寒冬時節，心情偶爾也會毫無緣由地消沉。

那天是比平日更冷的一個寒夜，外婆卻喜孜孜的。

「有什麼好東西嗎？」

「今天有這個熱水袋，很暖和喔！」

她興奮地把熱水灌進那橢圓形的銀色舊熱水袋裡。

不知是撿來的還是從哪裡要來的，我半信半疑地想，有那個東西就能變暖和嗎？

可是用毛毯包著它放在腿下之後，真的好溫暖。這溫暖的被窩就像天堂一般，讓我沉沉睡去。

從那天晚上開始，我成了熱水袋的忠實信徒。一到晚上，外婆把熱水灌進熱水袋後拿給我，我就高興不已。

熱水袋為我們寒凍的家帶來了幸福。

一天晚上，隔壁的大嬸來我們家。

才八點左右，我和外婆已早早鑽進被窩，當然，腿下墊著暖呼呼的熱水袋。

外婆並沒有覺得被打擾，很客氣地招呼大嬸進來。

大嬸給我們送來醃漬的芥菜，嘴裡說：「也是別人送的……」

外婆立刻留住她：

「喝杯茶再走嘛！」

大嬸一邊說：「啊呀，太晚了，不好意思！」一邊快步進屋。

接下來就有問題了。

只聽到外婆說：「啊，剛好。」便從被窩裡拿出熱水袋，扭開栓蓋，把袋裡的熱水灌進茶壺裡。

大嬸怎麼也不敢伸手拿起外婆一直勸進的那杯茶。

外婆還咯咯笑說：

「別客氣，喝吧！剛才雖然拿來熱腳，但跟裡面的熱水是沒關係的。」

只有這時，我很想站在隔壁的大嬸那邊。但是幾天後，我也淪入被人同情而不是同情別人的立場了。

快樂的秋季遠足。

那天早上，我問外婆：「有沒有水壺？」

外婆很快就說：

「把茶裝進熱水袋裡拿去就行了。」

「啊？熱水袋？」

可是有總比沒有好，我真的把茶裝進熱水袋裡帶出門。

但那畢竟是熱水袋。

身上綁著熱水袋走在路上，不但是我同學，也是路上行人注目的標的。

我一整天都覺得丟臉死了，就在遠足快要結束的回程路上，事態突然翻轉。

跑來跑去玩耍，又走了一天，孩子們都好渴，他們那些小小的水壺都已經空了，只有我的熱水袋還留下三分之二左右的茶水。

「德永君，你還有茶嗎？」

「給我喝一口！」

大家都跑到我這邊。

我也認為茶水少了，熱水袋會變輕，沒有拒絕的理由。

「好啊，好啊。」

我大方地把茶分給他們，居然有人拿餅乾給我說：「這個給你，謝謝。」

好像在別人家裡，小孩子回家時說：「我回來囉，零食呢？」就會有甜饅頭或仙貝可吃。

但是在我們家，要是問：「有零食嗎？」只會聽到：「田中家的柿子正是吃的時候哩！」

熱水袋裡的茶換來點心糖果，我感覺好像稻草富翁*。
這也是拜外婆不受「熱水袋只是暖腳工具」的傳統觀念束縛的智慧之賜。

---

*日本童話中以一根稻草不斷換到許多東西，最後變成富翁的人。

## 第7章

# 錢是天上掉下來的意外收穫！？

傍晚，把那天的收穫拿到廢鐵商那裡，每個人賺到十圓。

我們拿著錢衝往柑仔店，即使只能買十圓的零食，

我們還是樂不可支。

不用說，在那之後有一段時間，

窮孩子之間都流行腰上綁著繩子、拖著磁鐵到處走了。

升上小學四年級時，我也到了開竅的時候。
對於以前完全沒興趣的錢，我突然覺得很有吸引力了。
學校到家裡的路上，有一家柑仔店，圓圓的玻璃罐子裝著雞蛋糕、鵪鶉蛋、糖球等，整齊陳列著。
我記得雞蛋糕一個一圓，鵪鶉蛋兩個一圓。
放學途中能順路到那家柑仔店買東西的，只有家裡金錢寬裕的小孩。
「我要去看一下。」
「拜拜！」
目送揮著手走進柑仔店的同學，心裡非常羨慕。
樹上的果子雖然也好吃，但我偶爾也想吃吃糖球、冰淇淋或涼粉什麼的。
沒有零用錢的我問買了零食的小孩：
「味道怎麼樣？」
「……」
因為味道無法回答，因此大多數小孩都會讓我嚐一下。
可是沒多久，對方就不耐煩地催促一直舔著糖球不放的我。

「還我啦！」

我無奈地還他，隔沒多久又問：

「是什麼味道？」

「剛才不是給你嚐過了？」

「我忘了。」

「舔十秒就要還我喔！」

其實味道是不可能忘掉的，但他只是個單純的鄉下孩子，根本沒想這麼多。

他勉為其難地又讓我舔糖球。

「一、二、三、四……十。」

十秒到了，我爽快地還他，但隔不多久，我又問：「是什麼味道？」他又讓我舔。

就這樣，最後說好彼此各舔十秒就換人舔，遂了我的心願。

「一、二、三、四……十。」

他數到十後，我把糖球吐出來，交給他後開始讀秒。

「一二三四五六七八九十。」

糖球又回到我嘴裡。

「一、二、三、四……十。」

「一二三四五六七八九十。」

「一、二、三、四……十。」

「一二三四五六七八九十。」

他都正常地慢慢數，我則是盡可能數快一點。

後來他開始覺得有點奇怪而抗議。

「你數太快了啦！」

「哪有？我數囉，一、二、三、四、五、六、七、八、九、十。」

「果然快了點。」

「你神經過敏啦！」

我就專門做這種事。

有一次，我靈光乍現，想到用自己的錢去買零食的法子。

「欸，我們也去柑仔店吧！」

我招呼幾個同學。
「是想去啊！可是沒錢。」
「看我的！」
「怎麼做？」
「去撿。」
「又沒有人掉錢。」
「不是撿錢，是去撿可以換錢的東西。」
我充滿自信地說，吩咐大家下個星期天到神社境內集合。
到了星期天，五、六個朋友聚集在神社境內。
都是向家裡要不到零用錢的小孩。
「綁著這個東西走路吧！」
「這是什麼？」
我把磁石和繩子交給滿臉狐疑的他們。
沒錯，我借用了外婆的智慧。
嘎啦嘎啦、嘎啦嘎啦、嘎啦嘎啦……

大家立刻綁上磁石四處晃蕩。

走了一陣子才驚訝地發現，地上是有不少掉落的釘子。

嘎啦嘎啦、嘎啦嘎啦、嘎啦嘎啦、嘎啦嘎啦……

我們發出奇怪的聲音走了一會兒，忽然頭上「啵咚」「啵咚」地掉下東西來。

抬頭一看，有人在電線桿上做工程。

掉下來的是銅線。

我們向電線桿頂端喊著：

「叔叔，這個可以撿走嗎？」

叔叔們很乾脆地說：

「嗯，可以啊。」

傍晚，我們把那天的收穫拿到廢鐵商那裡，每個人賺到十圓。

我們拿著錢衝往目的地——當然是那家柑仔店。

在涼粉一串五圓的時代，即使只能買十圓的零食，我們還是樂不可支。

最重要的是，勞動後大家一起吃的冰淇淋和涼粉，真的美味極了。

不用說，那之後有一段時間，窮孩子之間都流行腰上綁著繩子、拖著磁石到處走了。

其實那時候，我還有比零食更想買的東西。

那就是粉蠟筆。

當時我們班上除了我以外，每個人都有十二色的粉蠟筆，我因為沒有，常常跟人家借蠟筆畫圖。

「田中君，白的借我！」塗了一下，又說：「山崎君，紅的。」再仔細地塗。

因為是物質匱乏的時代，大家都很珍惜蠟筆，雖然會借我，還是會一再叮嚀：

「不能用太多！」「只能用一點點！」

我很客氣地這邊借借、那邊借借之下，畫的人總是右邊眉毛是紅的，左邊卻是黑的。

即使在畫母親的臉時，也畫得像差勁的畢卡索抽象畫，實在沒勇氣寄回廣島。

有一天，我和喜佐子阿姨的兒子、大我四歲的表哥到護城河上玩竹筏。

竹筏不知被什麼東西勾住了，我和表哥跳下水去推竹筏。

「唉喲！」

那時腳下有個奇怪的感觸，我踩到一個東西。

「我踩到東西了！」

我告訴表哥，隨手撈起踩到的東西。

「這是什麼？好奇怪的烏龜！」

我才說完，表哥就驚呼：

「是鱉！」

「鱉？」

「昭廣，這個拿到魚鋪去賣，值好多錢呢！」

我們相對而笑，趕緊抱著鱉回去，裝進水桶提到魚鋪去賣。

被我踩到算牠倒霉。

天呀！魚鋪大叔竟然用八百四十圓買下那隻鱉，我和表哥各賺了四百二十圓巨款。

我立刻拿著錢跑到文具店。

「阿姨，有四百二十圓的蠟筆嗎？」

「有三百八十圓、二十四色的。」

「我要那個。」

回到家裡，我輕輕打開二十四色的蠟筆盒，裡頭排滿了我過去沒看過的顏色。

特別是金色和銀色，我感到非常幸運，笑得一臉燦爛。

第二天雖然沒有畫圖課，我還是把長長的蠟筆盒帶到學校。

我不管第一節課是國語，依然把蠟筆盒放在桌上。

「德永君，那是什麼？」

老師問我時，我不說是蠟筆，而是打開蓋子說：

「是二十四色。」

連老師也說：「真不錯耶。」

同學中沒人有二十四色的蠟筆，也都好奇地看著我的蠟筆盒讚嘆。

之後有一段時間，我不論刮風下雨，每天都帶著長長的蠟筆盒去學校，管他是算術課還是社會課，都放在桌上。

到了畫畫的時間，旁邊的同學跟我借金色或銀色的蠟筆時，我也說：「只能用一點點喔。」

雖然真的很高興，但是母親的畫像還是像笨拙的畢卡索抽象畫。

或許畫圖的技巧跟用什麼蠟筆沒有關係吧。

# 第8章

# 母親和棒球少年

小學五年級那年，我和同學組了一支棒球隊。

當時，男孩子幾乎都是棒球迷。

但我喜歡棒球有別的原因。

每年一到暑假，我就可以回廣島的母親那裡。

每次回到廣島，母親一定帶我去廣島市民球場看職棒。

小學五年級那年，我和同學組了一支棒球隊。

當時，男孩子幾乎都是棒球迷。但我喜歡棒球有別的原因。

每年一到暑假，我就可以回廣島的母親那裡。每次回到廣島，母親一定帶我去廣島市民球場看職棒。

「暑假時和我媽去看職棒了。」

「真的？」

「騙人！」

那時看職棒還是很奢侈的行為，大家都懷疑生活赤貧的我不可能去看。

但我早就為了這個時候，事先特別留下寫著「○月○日廣島vs巨人」的票根。

「你看！」

「哇！真的耶。」

「好棒喔！」

職棒賽的票根就像水戶黃門*在查案時亮出來的家紋，大家看了都惶恐地唯唯稱諾。

因為這個緣故，棒球對我來說，彷彿是幸運的象徵。

不是吹牛，我的運動神經很好，跑得很快，而當我想打棒球時，立刻就從棒球迷變成棒球少年。

放學後和星期假日，只要不上學的時間，我幾乎都打棒球度過。

這回，運動少年真的誕生了。

打棒球也需要球棒和手套，但並不是全部隊員都得有球具才能打。比賽時，只要兩隊合起來有九個手套，就已經萬萬歲了，但實際上多半只勉強湊到五個。

因為是軟式棒球，除了投手、捕手和一壘手以外，其他球員不戴手套也沒關係。

當然也沒有壘包，只好拔些草代替，說：「這就是壘包。」

我們的球隊非常強，常常和六年級的球隊對戰，或和鄰近小學比賽。

但沒多久，我們球隊遇到一個大問題。

---

＊虛構小說人物，以江戶幕府時期水戶二代藩主為藍本，描述其微服查訪民怨與冤情的故事。

那時，有個叫池澤的男孩想加入我們球隊。

「我想打棒球。」

「可以呀。」

想打棒球的小孩我們都來者不拒，沒問題。

可是池澤君第一次來練習時，把我們都嚇到了。

他帶著嶄新的球棒和手套，大家看得羨慕並讚嘆不已。

他說：「我想當捕手。」

從簇新的運動袋裡拿出全新的捕手手套和面罩。

接著又說：

「這個大家都可以用。」

連壘包都準備齊全了。

池澤家裡是老字號的糕餅鋪，他又是長子，備受寵愛。

這個未來的家業繼承人要打棒球，家人立刻把全套球具買給他。

雖然沒有球具也可以打棒球，但有球具還是比較好，最重要的是，看起來像打職棒，很帥氣嘛。

自從池澤加入我們球隊以後，要求和我們比賽的球隊越來越多。

但是要用這些球具，就必須讓池澤出場。

可是池澤缺乏運動神經到令人不敢相信的地步。

不讓池澤出場，就不能使用那些帥氣的球具；可是池澤一出場，我們球隊必輸無疑。

這對池澤君是有點抱歉，但他不在時我們總是激烈地爭論。

「下場比賽怎麼辦？」

「池澤要是出場，鐵定輸的……」

「既然那樣，就別用壘包吧！」

「不行，不行，對方球隊也期待要用壘包啊！」

我們這些棒球少年嚮往的對象，當然是職棒選手。

忘了是什麼時候，佐賀市民球場有場廣島鯉魚隊和西鐵獅隊的公開賽，廣島隊的選手都住在外婆家附近的老旅館。

想看職棒選手一眼的人，把旅館周圍擠得水泄不通。

可是選手們遲遲不露面，等得不耐煩的人一個接一個地離去，直到天色已黑，唯獨我還留在那裡。

除了我對職棒選手的嚮往之外，他們來自母親所在的廣島這點，更讓我有特別的感受。

或許是終於吃完晚飯，打算上街逛逛吧，選手們零零星星地從旅館出來。

我奔到一個選手身邊。

「我可以問你一件事嗎？」

「什麼事？」

「我母親在廣島工作，她姓德永，你見過嗎？」

現在回想起來，還真是蠢到不行的問題。但那時候的我，提到廣島就想到母親。

我以為在廣島的人都和我母親有關聯。

可是那個選手並沒有嘲笑我，微微一笑說：

「我沒有見過耶！你怎麼會在這裡呢？」

「我媽工作很忙，所以把我寄養在外婆家。」

「哦，這樣啊，你等一下！」

他又走進旅館，然後拿著一包東西出來。

「這個給你，見到你母親時，代我向她問好。」

說完，把包包交給我，揮揮手就走開了。

他給我的那包東西是甘納豆。

把一顆裹著糖粉的豆子放進嘴裡，香甜四溢。

雖然他沒見過我母親，即使見到也不認識，他還是笑著說：「代我問好。」

這種親切，更讓我成為廣島鯉魚隊的忠實球迷。

現在想起來，那個人好像是古葉竹識選手**。

---

** 一九六〇年代的廣島隊游擊名將，退休後曾任廣島與橫濱兩隊總教練。

# 第9章

# 外婆和母親

外婆沒再說什麼，只是靜靜地看著我吃飯糰。

她是剛強的人，所以不會掉淚，

但那時她的瞳孔確實晃動著晶瑩的亮光。

那是豪情萬丈地說「祖先世世代代都窮」的外婆，

第一次讓我看到她的眼淚。

來到佐賀以後，我每年只有在暑假時可以見到母親。因為運動會和教學參觀日時，母親都忙得不能來。

有一年快放寒假時，我突然想到：

「學校不只放暑假，還有寒假和春假。如果寒假時我也能像暑假一樣回去看母親就好了！」

我覺得這真是個絕妙的主意，趕緊跑去跟外婆說：

「阿嬤，這個寒假我也想回廣島。」

「辦不到。」

「為什麼？」

「冬天火車不開。」

我一下子涼了半截，但還是殘留著一絲希望。

「那，春假時回去吧？」

「那也不行。」

「為什麼？」

「春假時司機有事。」

「是嗎？」
原來，我只能在暑假時去廣島，果然是有理由的。
我這麼一想，也就死心了。
可是，「這個冬天也想回廣島」的念頭一起，就很難再按捺下去。
我想看看通往廣島的鐵路，約了朋友去看火車。
「沿著這條鐵路一直往前走，就會到廣島。」
「哦？前面就是廣島嗎？」
朋友也驚訝地看著向前無限延伸的鐵軌。
咯噠咯噔、咯噠咯噔……
那時，火車從鐵軌那頭駛過來。
「哇！火車在開！」
這和外婆說的不一樣哩！
我撇下朋友，急忙跑回家。
「阿嬤，火車有開耶，今年冬天和以前不一樣喔。」
「不會吧？」

「我剛剛看見了。」
「啊，那是貨車。」
「不是，我跟火車揮手，車上的人也跟我揮手。」
「手？那是家畜啦！」
外婆應付我也很辛苦吧？但她真是個你說東她就能說西、腦筋轉得超快的外婆。
因為一年只見一次，我和母親總是寫信聯絡。
我每次寫到「幫我買這個東西」時，一定只達成一半期望，另一半總是落空。
也因為這樣，我更能體會母親的辛苦和對我的愛。
母親寫信來時，一定是給我的信和給外婆的信同時寄到。
那天，母親給我們的信同時寄到，我和外婆在客廳看信。
「有人在家嗎？」
「來了，誰呀？」

外面有人叫門，外婆出去開門。那時，她的信就攤開在那裡。
我完全沒有偷看的意思，但還是不經意地瞄了一眼。
信的開頭是「前略　昭廣還好嗎？」
我很高興母親一開始就寫到我，繼續看下去。
「……本來每個月該寄五千圓的，但是本月只能寄上兩千圓，不足之處，還請媽想想辦法。」
外婆回到客廳時，我假裝沒事般坐在一旁，但內心不知道該怎麼辦。
我們雖然是「不平凡的窮」，但這個月母親只能寄兩千圓來。
我體認到現在不是輕鬆悠哉過日子的時候。
我想了一下，決定少吃點飯。
那天晚飯時，配菜照舊寒酸，只有醃蘿蔔和煮青菜。
因為菜少，我總是撐滿一肚子的白飯，飯碗瞬間就空了。
要是在平時，我一定會說「再來一碗」，可是那天我吃完一碗就把筷子和碗放下。
等著我要再盛飯的外婆一臉訝異。

「怎麼了？」
「沒什麼，已經吃飽了。」
「怎麼會？」
「……」
「不舒服嗎？」
「沒有。」
「再吃一碗吧？」
「已經飽了。」
外婆看著低頭不語的我，察覺似地說：
「你看到信了？」
「嗯……」
外婆那時的表情，至今仍深深烙印在我心裡。
那似怒似悲、難以形容的表情。
我受不了，奔出家門。
我跑到堤防邊，之前一直壓抑的淚水一股腦地流出來。

我就是覺得又氣又懊惱得受不了。

我不想回家面對外婆，我在堤防上走來走去，直到天黑了才悄悄回到自己的房間。

就在整齊的被鋪枕邊，放著蓋了布巾的盤子。我掀開布巾，盤子裡有一個大飯糰，還有一張外婆寫的「飯還有的是，吃吧！」的紙條。

我又差點掉下淚來，我正在吃飯糰時，外婆打開紙門。

「回來啦？」

「嗯。」

外婆沒再說什麼，只是靜靜地看著我吃飯糰。

她是剛強的人，所以不會掉淚，但那時她的瞳孔確實晃動著晶瑩的亮光。

那是豪情萬丈地說「祖先世世代代都窮」的外婆，第一次讓我看到她的眼淚。

外婆娘家姓持永，世世代代都是佐賀城主鍋島藩家的乳母。

怪不得外婆那麼有氣質。

我不知道詳細的情形，只知道外婆嫁給經營腳踏車店的外公。腳踏車在當時是高級品，開腳踏車店的外公也算得上是優秀人才。持永家的千金嫁給優秀人才，但是，幸福的日子並不長久。

外公五十歲那年便拋下四十二歲的外婆過世了。

之後，外婆從事清潔婦的工作，獨自撫養七個子女長大。

生活苦上加苦，一無所有的外婆只有一個自傲的寶貝，就是她出嫁時帶來的刻著藩主家紋飾的長方形大櫃。

就是古裝電視劇裡公主出嫁時家僕抬著的那種東西。

那是以前鍋島藩主的賜禮，已有相當的歷史，雖然抬它的棒子已經不見了，但終究是個牢固好看的長櫃。

那裡面也確實裝著像是公主穿的和服，外婆偶爾拿出來晾晒，寶貝似地珍藏著。

外婆有個奇妙的習慣。

再怎麼華麗，它畢竟只是個櫃子，但即使沒有特別的安全措施，外婆還是把現金等重要的東西都收在裡面。

最難以理解的是，給客人喝的啤酒也放在裡面。

我第一次看到外婆對客人說：「喝點啤酒再走吧！」而打開那有貴族紋飾的櫃子時，大吃一驚。

外婆自己不喝啤酒，但一有客人來，不論白天或晚上，都會豪爽地拔開啤酒瓶蓋。或許對外婆來說，啤酒是招待客人的重要東西，她的想法就是重要的東西要放進藏寶箱裡。

前面寫了外婆的故事，這裡我也想提一下母親。

母親很有外婆的味道，氣質也很好。

我五年級那年，她關掉居酒屋，在廣島一家很大的中國餐館工作，努力升到領班。

工作時，她總是穿著漂亮的和服，吸引眾人的目光。

在我五年級還是六年級的春天，就那麼一次，母親來佐賀住了幾天。

雖然暑假時我都會去廣島，但母親都要工作。

我們不能從早到晚待在一起，因此這回母親請假來佐賀，除了上學以外，我都和母親待在一起。

其實，我真的不想去上學，可是母親不准。

因此我早上總是拖到快遲到時才出門，一放學就飛也似地奔回家。

但我不是一個人回家。

「我媽在家，很棒吧？」

我得意地說，還帶了一堆朋友跟著回家。

對別人來說，母親在家是很平常的事，我卻是高興地自傲不已。

而且看過母親之後，同學都會誇說：「你媽媽好漂亮喔！」

我更是得意非凡。

「媽，我回來囉。」

「回來啦。」

「我帶朋友來了。」

「歡迎，家裡只有廣島的饅頭，不嫌棄的話就吃一些吧！」

我滿臉得意地把漂亮母親笑嘻嘻遞給我的「楓葉饅頭」分給大家。

大家看著我從廣島都市來的漂亮母親，和當時還不太有名、仿照楓葉形狀製作的「楓葉饅頭」，驚喜不已。

母親要回去的前一天，因為難得，親戚們聚在一起去賞花。

親戚加鄰居，總共有三、四十人吧。

在盛開的櫻花樹下開起盛大的宴會，沒有卡拉ＯＫ，母親就清唱歌曲。

贏得如雷的掌聲。

阿姨興致很高，跑回家去拿來三絃琴。

阿姨彈著三絃琴，母親唱歌，周圍的賞花客都興致勃勃地看著我們這邊。

我們這一群開始惹人注意，有個賞花客靠近我說：

「那個人是你母親？」

「對。」

「哦，唱得真好，來！給你。」

我嚇一跳，他把五十圓塞在我手裡，那算是賞錢吧。

或許因為沒有特別設置舞台，他們不好意思直接把錢丟給本人吧。

他們知道我是母親的孩子之後，都把五十圓、百圓不等的賞錢塞進我手裡。

甚至有人遞過清酒或啤酒說：「再唱一曲！」

母親和阿姨興致更高，不停地唱著。

「你媽唱得真好！」

外婆滴酒未喝，卻像喝醉般兩頰泛紅，入迷地看著唱歌的母親。

身為漂亮又會唱歌的母親的兒子，我既得意又高興，還得到不少賞錢。那真是令我難以忘懷、最棒的一個春天。

那晚，我興奮未消地鑽進被窩，對睡在旁邊的母親說：

「媽，妳唱歌真的很好聽。」

「謝謝，我小學時曾經和喜佐子阿姨一起去滿州勞軍喔。」

「滿州是現在的中國嗎？」

「嗯，是啊。」

「勞軍是什麼？」

「就是唱民謠給在滿州的軍人聽。」

「到外國唱歌？只是小學生耶，好厲害！」

「如果不是嫁給你爸的話，我是想當歌手的。」

母親說著，朗聲大笑，那多半不是開玩笑吧。

我當了相聲演員之後，四處活躍，曾經帶著家人參加「明星家族歌唱對抗賽」，當時母親也得到大大的滿足。她三次出場，三次都獲得歌唱獎。

這麼想起來，我進入演藝界，雖然不是歌手，但或許還是源自母親的遺傳。

母親和外婆都是美女，我的哥哥也是俊男。

那，只有我像父親嗎？

真不愧是父親的遺腹子。

# 第10章

# 一萬圓的釘鞋

當選棒球隊長那天，我對外婆說：「我要當隊長了。」

外婆突然站起來，打開她那個寶貝櫃子，拿出一萬圓鈔票。

「昭廣，我去買雙釘鞋。」

到達附近唯一的運動用品店時已經七點半，老闆正準備打烊，

外婆不顧一切地大聲嚷著：

「給我最貴的釘鞋！」

中學時，我毫不遲疑地加入棒球隊。

小學在同一個球隊的朋友，幾乎也都成了棒球隊員。

當時棒球隊裡，三年級有十五人，二年級也是十五人，我因為跑得很快，雖然是一年級，但立刻選上正式隊員。

這時候，外婆當初建議我的「跑步」運動大大發揮功效。

中學的棒球隊很正規，質與量都不是小學時自己做主的隊伍可以比擬的。

我越來越迷戀棒球。

這時，外婆也有了轉變。

以前不管我做什麼，她都假裝不知道，現在卻常常跑來看我練球。

但她還是有所顧慮，不會光明正大地來，即使來了，也都躲在暗處偷偷看我練習。

「欸，來了喔。」

「嗯，我知道。」

每次隊友都悄聲通知我，既然外婆那麼顧慮，我也只好假裝沒有發現。

有一天我一到家，外婆就衝出來對我說：

「你今天打得好棒！」

那天我打出一支再見全壘打。

我雖然知道她有來看，還是裝傻地問：

「咦？妳怎麼知道？」

外婆只尷尬地哈哈乾笑。

這種事情好幾次後，外婆漸漸會在球賽中間出聲幫我加油了。

「昭廣，夯一支大的！」

只有這時候，平常氣質很好的外婆，會不顧形象地大聲幫我吶喊加油。

對已經習慣沒有家人來看球的我而言，真是又高興又有點不好意思。

成為正式隊員固然高興，但是在很多方面都要花錢。

這和我們自己組棒球隊不同，練習服和球具都是必要的。

外婆雖然每天在河邊幫我洗練習服，但我身體會長大，只有一套還是不夠穿。

「明天早上開始要練跑。」

我好幾次撒謊，在凌晨三點左右偷偷跑到中央市場去打工。中學生能做的工作，也只有搬貨和打掃等肉體勞動而已，到早上八、九點打工結束，我已經累癱了。

我當然沒去上課，直接回家睡到下午三點，才準備去練球。

那時外婆和我分睡不同的房間。我想她沒發覺吧，但我的球具和練習服不知不覺都增加了，她或許是假裝沒看到吧。

那時，很多小孩為了幫忙家裡而不上學。

「最近都沒看到蘆原。」

「啊，他好像在家裡的鐵工廠幫忙。」

這種對話是家常便飯。

當時不像現在，完全沒有人認為不上課去打工會變壞。

我升二年級時夏季大賽結束，三年級的球員離隊，我當上棒球隊長。

當選棒球隊長那天，晚飯時我對外婆說：

「我要當隊長了。」

外婆一聽，突然站起來，打開她那個寶貝櫃子，拿出一萬圓鈔票。

「昭廣，我去買雙釘鞋。」

說完，大步走出門去。

我那時還沒有釘鞋，一直穿普通球鞋。

但是時間已經過了七點。

「阿嬤，就算妳想買，但商店已經打烊了。」

我追在外婆後面說。

「沒關係，隊長一定要穿釘鞋。」

外婆不聽我的。

到達附近唯一的運動用品店時已經七點半，老闆果然正準備打烊。

老闆匆忙地把店頭陳列的皮鞋和草鞋收進店裡。

外婆不顧一切地大聲嚷著：

「給我最貴的釘鞋！」

「啊？」

「給我最貴的釘鞋！」

她不提顏色尺寸，只說「最貴的」，老闆有點訝異，但很快弄清楚外婆的意思。

「好，好。」

他走進店裡拿出高級釘鞋。

「這個，兩千兩百五十圓。」

老闆說完，外婆好像搞錯他的意思。

「這種貨色怎麼要一萬圓！」遞出緊握手中的一萬圓鈔票。

老闆看到眼前的萬圓鈔票嚇一跳，困擾地說：

「不是啦，不用這麼多。」

大概外婆太久沒用到萬圓鈔票，既興奮又緊張吧。

儘管如此，出乎意料、突然擁有釘鞋的我，感到興奮不已。

我高興得不得了，看了又看，摸了又摸，睡覺時還放在枕邊。

第二天上學時就穿著釘鞋出門。

CARP
2

到了校門口抖掉泥巴，換上校舍內穿的室內鞋，還把釘鞋拿進教室。

第一節課是數學，我把釘鞋放在桌子上。

「德永，怎麼了？」

「沒什麼啊，這是新款。」

同學問我，我得意地拿起嶄新的釘鞋給他們看。

「德永，那是什麼？」

「新款的釘鞋，不錯吧？」

老師問我時，我也得意地回答。

第二節的理化、第三節的世界史，我都把釘鞋放在桌上等老師問我。

我想至少要這麼做兩、三天吧。

這是我生平第一雙釘鞋，我真的很高興，沒辦法哪！

赤貧的我可以拿出來炫耀的東西，前前後後也只有蠟筆和這雙釘鞋而已。

現在或許足球比較有人氣，但在當時，棒球是人氣第一名的運動。

而且我們城南中學的棒球隊，在縣內是有名的強隊，我當上隊長，立刻成了學校風雲人物。

絕不誇張。別說是同年級的，很多低我一年或高我一年的，甚至別校的女生，都送我禮物或寫信給我。

女孩子扭扭捏捏地把信交給我，說：「請你看一下。」或是送我繡上字母的毛巾，說：「給你練習時用。」

甚至還出現像漫畫所描寫的情景，一打開置物櫃，就有滿滿的信件掉出來。

我不是不喜歡女生愛慕，只是忙於練習，我的身邊完全沒有女生的氣息。

而且男生給我的友情，比女孩子給我的甜蜜話語，更令我感激。

他們或許知道我家很窮，都會送我很多東西，親切對我。

南里君是我們那一帶家業最大的農家子弟，有一天突然問我：

「你喜歡吃麻糬嗎？」

「嗯。」

「我們家有很多，明天帶來給你。」

南里笑著說完就回去了。

第二天早上的師生座談時間突然要檢查書包。

「嚇，這把小刀沒收。」

「居然還帶打火機？」

在嚴格的檢查中輪到南里。

「這是什麼？」

老師訝異的聲音響徹教室，南里的書包裡裝了一大堆麻糬。

南里開朗地說：「是麻糬啊。」

「我知道是麻糬，我不是說帶麻糬不好，可是你的課本呢？」

南里說要帶麻糬給我，竟然帶了滿滿一書包給我。

南里也常給我馬鈴薯和洋蔥，真是運氣不佳，又遇上書包檢查。

老師看到書包裡倒出大量的馬鈴薯和洋蔥，當然比上一次更生氣。

「又是麻糬又是馬鈴薯的，你到底來學校幹嘛？」

我覺得是因為我才讓老師對他印象惡劣，愧疚得縮在一旁，可是南里咧嘴一笑。

「德永說沒看過馬鈴薯和洋蔥，我就帶來給他看啊。」

但是老師也不含糊。

「要給他看，各帶一個就夠了。」

我以為會詞窮的南里卻這麼回答：

「德永說想看各式各樣的馬鈴薯和洋蔥，老師，馬鈴薯和洋蔥真的有各種面貌喔。」

真不愧是農家子弟，這下連老師也只得苦笑點頭，沒再找碴。

還有一個親切得令我難忘的橋口君。

橋口家裡開洗衣店，他說：

「棒球隊長不能邋邋遢遢的。」

每個星期六晚上，便偷偷把我的制服塞進店裡堆積如山的送洗衣物中。

這樣，星期天晚上，我的制服就筆挺如新了。

當時縣內的女中學生之間甚至有我的照片，這多半拜橋口之賜。

就算是棒球隊長，因為窮而整天穿著皺巴巴的制服，女孩子也不會理我的。

# 第11章

# 考試零分、作文滿分

「阿嬤，我英語都不會。」

「那，你就在答案紙上寫『我是日本人』。」

「可是，我也不太會寫漢字。」

「那你就寫『我可以靠平假名和片假名活下去』。」

「我也討厭歷史……」

「那就在答案紙上寫『我不拘泥於過去』。」

運動全能的我，功課卻有點差。
上中學以後，最討厭的就是考試吧。
為了期中考和期末考，我喜歡的社團活動都必須暫停。
這麼一來，學校就變得好像地獄。
為了讓我們回家好好溫書，考試前一天提早放學，我向外婆哭訴：
「阿嬤，我英語都不會。」
「那，你就在答案紙上寫『我是日本人』。」
「對耶，在日本不懂英語也不會特別困擾說。」
「是啊，是啊。」
「可是，我也不太會寫漢字。」
「那你就寫『我可以靠著平假名和片假名活下去』。」
「這樣喔？是有人只認得平假名沒錯。」
「是啊，是啊。」
「我也討厭歷史……」
「歷史也不會？」

講到這裡，外婆終於傻了眼。

我以為外婆會叫我「趕快去讀書」，但她畢竟是外婆，想了一下，冒出這句話：

「那就在答案紙上寫『我不拘泥於過去』。」

帥極了！

我真的這樣寫了，結果……

討了一頓好打！

在當時所處的環境下，我根本不可能用功讀書。

偶爾寫作業到很晚時，外婆也會熄掉電燈說：

「太用功會變成怪癖的！」

即使如此，我小學時的國語成績曾拿過一次第一名，參加母親節作文比賽也得了獎。

那篇作文是這樣寫的：

我的母親在廣島工作，

因此，我和外婆一起生活。

我和母親一年只相見一次，是在暑假時。

我寒假和春假時雖然也想見母親，但是外婆說火車只在暑假開。

我去朋友家玩時，都會覺得有母親在身邊多好啊。

前幾天，我想見母親，一個人去看火車的鐵路，我想，這條鐵路一直通到母親所在的廣島。

我想念母親，母親一定也在想念我。

我的思念和母親的思念，在佐賀和廣島之間相遇。

和母親相見的日子，能不能快點來呢？

對我來說，整個暑假都是母親節。

連我自己都覺得寫得真好。

得獎雖然好，但是母親節後一個月，父親節來了*。

這次的作文題目是「父親節」。

我對父親毫無記憶。

我問：「阿嬤，妳知道爸爸的事情嗎？」

外婆還是平常的口氣，叫年幼的我在稿紙上寫滿「不知道」交出去。

發回來的作文成績……

一百分！

因為兩次作文都拿滿分的緣故，我的國語成績得到第一名。

但是這種情況也僅止於小學時期。

中學以後，老是為了考試而煩惱的我，好幾次感慨：「那時候多好啊。」

順便提一下，我中學的成績單大致如下：

體育：5

數學：5

＊日本的父親節是六月的第三個星期日。

社會：2
國語：1
英語：1
理化：2
音樂：1
勞作：3

體育拿5（滿分）是不用說，數學也拿5則是託朋友的福。

我們家當然沒有餘錢讓我上補習班，但是家境富裕、有錢去補習班的勝木君和小野君補完習回來，就教我數學。

成績是好是壞？見仁見智。

對外婆說：

「對不起，都是1或2。」

她笑著說：

「不要緊，不要緊，1啊、2啊的加起來，就有5啦！」

我問：「不同科目的成績也能加在一起嗎？」

這回，她表情認真、斷然地說：

「人生是總和力！」

可是，我不太了解這是什麼意思。

# 第12章

# 喜歡的老師、討厭的老師

「老師，我的特快車票和兩千圓不見了。」

我報告田中老師，他立刻帶我到辦公室，

從皮夾裡拿出五千圓給我。

「不要緊，快去你母親那裡。

別去找小偷，如果找到了，他不就成了罪人嗎？」

田中老師要守護的，是比五千圓更重要的東西。

在學校裡引人注目，有好處也有壞處。

我當上棒球隊長，即使沒特別做什麼，總是有人跟著我起鬨，相反地也會有人不爽我，批評我。

老師也不例外。

有的老師對我很好，也有老師視我為眼中釘。

首先，當然是棒球隊的顧問田中老師，他真的很照顧我。

記得是中學二年級的全縣棒球大賽最後一天。

暑假就要去廣島母親身邊一起生活，這比什麼都讓我高興，我打算比賽一結束就直接搭車去廣島。

「德永，今年暑假也去廣島嗎？」

「對，今天就要去。」

「喔，真好！」

前面已經提過好多次，當時廣島對大家來說，是個大都市。

每到這個時候，我不再是和母親分離、孤單寂寞惹人同情的小孩，反而因為能去廣島，成為朋友羨慕的對象。

在別校舉行的比賽結束後，我比那些亢奮情緒未消、七嘴八舌喧鬧的隊友早一步回到學校教室。

但是打開置物櫃一看，往廣島的特快車票和兩千圓現金不見了。

「老師，我的特快車票和兩千圓不見了。」

我報告田中老師，他立刻帶我到辦公室，從自己的皮夾裡拿出五千圓給我。

「拿去用吧！」

「啊？」

「不要緊，快去你母親那裡。」

「可是，我不找到小偷不行。」

雖然我很想馬上去廣島，但也不能給老師添麻煩，如果不找到小偷，拿回特快車票和現金，我不甘心。

田中老師嚴肅但平靜地說：

「德永，別去找小偷，如果找到了，他不就成了罪人嗎？」

聽到這裡，我終於明白老師的意思。

教室有上鎖，我嚷嚷著要回廣島。

小偷或許是棒球隊裡的人。

當然也可能不是，但也不無可能。

如果把事情鬧開，萬一找到一時起意偷錢的人……因為是向心力超強的體育社團，反而會讓那個學生更難堪。

田中老師再次對我說，絕對不能去找那個小偷，而把當時對他來說也是一筆大錢的五千圓塞進我手裡。

田中老師要守護的，是比五千圓更重要的東西。

另一位是我最喜歡、綽號「阿牛」的老師，他很喜歡釣魚。

不知他看上我什麼地方，我進中學沒多久，他就把我當做釣魚的夥伴。

「喂，德永，明天早上五點要去喔！」

他根本不管我方不方便，逕自做了決定。

第二天大清早，我就坐在老師的腳踏車後座，抱著十幾根竹竿。

因為他一個人拿不了這些釣竿，所以釣魚時一定要人作伴。

我們在護城河釣了一個半小時後，又扛著釣竿回去。

即使如此，還是趕得及上學的時間。

但是這位老師在釣魚以外的時候很嚴格。

有一天，我坐在同學的腳踏車後座要出校門時，聽到一聲駭人的怒吼。

「德永，腳踏車禁止載人。」

「可是，去釣魚時你也載我啊。」

「你說什麼？釣魚時才可以。」

聽起來像笑話，卻是真的。

他和田中老師是完全不同的類型，但也不惹人厭。

另一方面，視我為眼中釘的，是教英語的吉川老師。

「你愛講話，坐到第一排來！」

升上三年級不久，他突然這樣對我說，因為這個緣故，我們怎麼也不對盤。

學生如果不是長途通學的就不能騎車上學，但吉川老師雖然就住在學校旁邊，卻還騎車到校，而且都在上課鐘響前一秒才若無其事地趕來。

這一點也讓我不爽。

他好像是上課鐘響前才吃完早飯，嘴裡還留著豆腐什麼的來上第一節課。

而且上課時還很執拗地教發音，大聲唸著：

「Ｂａｎｋ！Ｂａｎｋ！Ｂ發的是破裂音！Ｂａｎｋ！」

留在他嘴裡的豆腐渣，都噴到坐在第一排的我臉上。

「髒死了！」

「什麼髒死了？」

我們之間常常重複這樣的對話。

就在那段期間，發生了一件事。

「那是什麼？」

我打掃校園時在水溝裡發現一雙室內鞋，那就是事發的原因。

那雙鞋沾滿泥漿，但洗過以後還很新，我覺得丟掉太可惜了，於是穿上。

沒想到那是某個惹人厭學生的鞋，被人丟到水溝裡的。

偏偏吉川又是那個學生的級任老師，立刻把我叫到辦公室。

「德永，是你偷的？」

「是人家丟到水溝裡，我只是撿起來穿而已。」

「你說謊！」
「我沒說謊！」
「是你偷的？老實說！」
「你那麼想把我當小偷的話，隨便你，可以吧！」
被當做小偷、怒氣沖天的我，和他你一言我一語地說完，衝出辦公室奔出學校。
他認定我是小偷，根本不聽我的辯白。
我懊惱不已，眼眶含淚，如果就這樣算了，難消我心頭之怒。
我邊跑邊想要報仇，直接跑到吉川家門口，拆下他家的門牌，狠狠地丟到前面的河裡。
門牌露出「吉川」兩字，慘澹地浮在河面上。
我就是想丟些什麼，感覺像把吉川本人丟下去一樣，暢快極了。
可是第二天早晨，上學經過吉川家門口時，發現又掛上新的門牌。
「可惡，吉川又復活了嗎？」
我毫不遲疑地又把它丟進河裡，門牌又慘澹地浮在河面上。

「你看！」

「那是什麼？吉川老師家的門牌？嘻嘻嘻嘻……」

走在我後面的學生發現河中浮浮沉沉的門牌，都高興地偷笑。

可是隔天早上，新的門牌又掛上。

「不死心的傢伙！」

不知道是誰不死心，我又要把門牌丟進水裡，可是摘不下來。

仔細一看，門牌被釘在牆上。

那時，窗戶嘩啦一聲打開，吉川探出頭來：

「德永，我相信你說的啦！」

表情煞是淒厲。

這次事件以後，我和吉川之間的關係還有更多的險惡。

還有一個，與其說是我和老師的關係，不如說是調皮心作祟的插曲。

練球結束後我去撿球時，發現黑漆漆的教室裡有人影。

「有人在裡面嗎？」

福山

我從窗戶偷窺，理化老師和音樂老師在沒有開燈的教室裡，親密地並肩坐著說話。

音樂老師是個大美人。

同學之間早就傳說他們的戀情，這下讓我逮到證據了。

惡作劇心旺盛的我，在理化課上課前，在黑板上畫了一個情人傘，把兩位老師的名字寫進去，還仔細地用紅色粉筆畫一個心形記號。

上課鐘響後，老師進來，當然最先發現黑板上的塗鴉。

要是平常，他一定會問：「是誰寫的？」然後罵一頓。可是理化老師自己心虛，只是哈哈乾笑幾聲，說：「寫什麼傻話！」以和他那平靜語氣完全相反的態度，拚命擦掉情人傘。

「開始上課。」

像沒事人一樣的理化老師臉上，明顯有些不安，冒出油汗。

我覺得他那樣子很滑稽，不死心地在黑板上又重複寫了好幾次。

不是畫上跟整個黑板一樣大的情人傘，就是增加紅色愛心的數目，或是寫上LOVE字眼。

理化老師每一次都強擠出笑臉擦掉。

但我還不滿足，想到一個更好的主意。

那天是星期三，隔天早上第一節課是理化。

放學後棒球隊練習時，我讓其他隊員練習自由打擊，自己偷偷跑回教室，用雕刻刀在黑板上刻上情人傘。

「這下，絕對擦不掉了吧！」

我很滿意自己的傑作，一個人偷笑。

第二天。

理化老師要像往常一樣擦掉塗鴉時，怎麼也擦不掉。

因為怎麼也擦不掉，他漸漸焦躁起來，他越是心慌，學生的偷笑聲越大。

滑稽極了，我笑得肚皮好痛。

但接著的瞬間，教室像凍結般。

「是誰幹的？這事別想平白就算了。」

理化老師發現塗鴉是雕刻刀刻出來的時候，脾氣終於爆發，滿臉漲紅，大聲怒吼。

「是我，對不起。」

我老實地站起來道歉。

啪！

冷不防挨了一巴掌。

「德永，真的是你嗎？這樣孩子氣，不覺得丟臉嗎？黑板很貴的，你要賠的！」

「要賠」這兩個字比挨耳光還讓我震驚。

的確，我是有點鬧過頭了。

雕刻刀刻的情人傘出奇地大，黑板因此無法再用。

回到家裡，我怯生生地告訴外婆事情始末。

「結果呢？」

「說要我賠。」

「沒辦法哪！」

「對不起。」

「你這孩子到底在想什麼？」
「真的對不起。」
那時，我真的後悔所做的事。
外婆沉默一會兒，輕鬆地說：
「事情已經做了也沒辦法，我知道了，就賠吧！你就把弄壞的黑板拿回來吧。」
「啊？」
「我們買個新的，因此要拿回舊的。」
「可是……」
「去拿！」
和平常一樣，外婆話一出口，絕不收回。
訂做的新黑板送到那天，我不得已，和學弟把舊黑板抬回家。
黑板實在很大，要十四、五個人抬。
「好，謝謝你們，就放在那裡，不對，不對，不是那裡，放到這邊。」
外婆喳呼喳呼地俐落指揮學弟他們，穩穩地把黑板當做我們和隔壁的圍牆。

隔天，外婆要我從學校拿些不用的粉筆回家，開始把黑板當做留言板用。

我放學回家時，黑板上都有給我的留言：

「昭廣，我○點回來。　阿嬤」

「昭廣，去買瓶醬油。　阿嬤」

有一次回去時，看見黑板上大剌剌地寫著：

「昭廣，鑰匙在大門旁的盆栽裡。　阿嬤」

再怎麼脫線，寫出藏鑰匙的地方，不是太那個了嗎？

我提醒外婆小心：

「阿嬤，寫出放鑰匙的地方，很危險哪。」

「哪會啊？小偷看了，說不定會煩惱：『去偷這麼親切的人家妥當嗎？』『不行，其中可能有詐。』阿嬤是要給小偷改過自新的空間。而且就算進來了，也沒有東西可偷，說不定因為我們一無所有，反而留下一點東西才走呢！」

這件事讓我覺得，學校裡談戀愛的老師、藉故調皮搗蛋的我雖然厲害，但都比不上外婆。

# 第13章

# 佐賀的名人

一個女人做清潔工，獨自撫養七個子女長大，

六十多歲了還要辛苦照顧女兒托養的外孫，

真是堅毅耐勞的人。

這是鄰居對外婆的評價。

現在回想起來，正因為有認同外婆為人、也幫助她的鄰居，

母親他們兄弟姐妹和我才能平安長大。

外婆就是這樣，是即使身為棒球隊長的我也無法相比的名人。

一個女人做清潔工，獨自撫養七個子女長大，六十多歲了還要辛苦照顧女兒托養的外孫，真是堅毅耐勞的人。這是鄰居對外婆的評價。

現在回想起來，正因為有認同外婆為人、也幫助她的鄰居，母親他們兄弟姐妹和我才能平安長大。

我們家雖然到處撿東西，但還是有不是「河濱超市」漂來的東西。

牛肉、香腸這些東西當然不會漂下來，反正也沒打算吃那樣的東西，沒什麼差別，但這世上唯獨有個外婆會花錢去買的食材，就是豆腐。

因為賣豆腐的大叔會用半價五圓，把破掉的豆腐賣給我們。

那時，豆腐不像現在這樣裝在塑膠盒裡。每到黃昏，賣豆腐的就騎著腳踏車按喇叭叫賣。

腳踏車的貨台綁著裝著水的大箱子，豆腐浮在裡面。

腳踏車會搖晃，總會有豆腐破掉而不能賣。

叭咘、叭咘！

那天也和往常一樣，賣豆腐的喇叭聲響起。
外婆正在餵雞，拿了五圓給我。
「老闆，給我一塊！」
「昭廣，去買豆腐！」

我拿著五圓跑向熟識的大叔，他正接過前一位顧客手中的錢，說：
「來，給你，兩塊二十圓。」
「謝謝。」
我聽著他們的對話，探頭看貨台上的箱子，發現都是整整齊齊的四方形豆腐。
「阿嬤，不行啦，今天沒有破豆腐。」
我正要往家裡跑時，大叔趕緊叫住我。
「有啦，有啦，有破掉的。」
「啊，可是……」
我回頭一看，只見大叔伸手捏壞箱子裡的一塊豆腐。
「有嘛，來，五圓。」

大叔跟我眨眨眼。

他那個樣子讓我察覺，過去沒有破豆腐的日子，他都是這樣做。

我不知道該怎麼辦，只是默默接受笑嘻嘻點著頭的大叔的親切。

很久很久以後，我才把這事告訴外婆。

還有另一件事。

現在自來水費只要用便利商店的ATM繳交就可以，那時是每個月有人定期來收。

有一次，來收錢的歐吉桑很悠哉地說出很殘酷的內容：

「德永桑，自來水費三個月沒繳了。」

外婆聽了，一副有點困難的表情，看到在一邊的我，立刻假裝不知道地說：

「昭廣，最近兩、三個月都沒喝水吧！」

我只能點頭，心裡卻想：「怎麼可能？」

可是收錢的歐吉桑就大笑說：

「是嗎，那我下個月再來。」

很乾脆地回去。

歐吉桑走後，我跟外婆說：

「三個月沒喝水，妳當我是蜥蜴喔？」

外婆眼眶泛著淚光繼續笑。

還有一次，我騎腳踏車撞到眼睛。

我騎在車上，伸手想抓住公園的柵欄，因為失去平衡而摔下來。

「哇！」

腳踏車的龍頭強力撞到我的左眼，我以為不會怎樣，沒去管它。

可是隔了一天又一天，疼痛不但未消，而且越來越痛。

第三天我痛得受不了，放學時一個人去醫院。

我沒帶錢，心想以後想辦法再付錢就好了。

我痛得實在無法忍耐。

「什麼時候撞到的？」

醫生看了我的眼睛後，嚴肅地問我。

「三天前。」

「為什麼不馬上來看？」

「我以為不要緊……」

「再晚三天你就失明啦！」

「啊？」

「失明」這個字眼嚇到我。

醫生一邊嚴厲訓誡我，眼睛很重要，一有問題絕對要立刻來看，一邊幫我治療。

治療結束，拿了止痛藥，我跟櫃台的護士說：

「抱歉，我剛放學，身上沒有帶錢，以後再拿來。」

護士的表情有點為難，說：「你等一下。」就到裡面去。

我心想不妙，等了一會兒，剛才幫我看眼睛的醫生出來了。

「呃……我先回去，馬上就拿來……」

我結結巴巴地說完，醫生卻很爽快地說：

「看病錢不用了。」

「啊？」

「你媽媽和外婆都很辛苦啊，算了，算了。」

「可是……」

「倒是你跑到這麼遠來，回去要坐巴士啊！」

驚訝的是，醫生竟然給我車錢。

「以後再跟你外婆拿，好吧？」

我想這真的可以嗎？可是左眼還在刺痛，我道過謝，拿了車錢就離開醫院。

我告訴外婆：

「醫生說治療費免了，但是要還車錢。」

「那醫生說什麼話？治療費和車錢我都會還。」

說完，氣沖沖地拿了錢包出門。

可是聽說醫生並沒有收下治療費和車錢。

我寫了這些，好像都是外婆受人照顧，其實外婆本身也是個大好人。

「有人在嗎？」

外婆的堂弟三郎來我們家時，總是拎個大包袱。
他一邊打開包袱一邊說：
「今天才縫好的，正要送去，月底可以拿到一萬圓。」
三郎舅公是洋裁師傅，工錢不是做好衣服時拿，而是月底才拿。
三郎舅公接著很肯定地說：
「先借我五千圓，月底就還。」
我第一次聽到時懷疑自己的耳朵。
這個家還有人來借錢嗎？
他不是心臟相當強的人，就是走投無路了。
三郎舅公大概是後者，外婆從來沒有拒絕過他。
外婆打開那個有花紋的櫃子，不當一回事地拿出五千圓。
「隨時還都行。」
我們家的生活可不是「隨時還都行」的，不知道她究竟是小氣還是大方，實在是個奇怪的外婆。

# 第14章

# 麵條、橘子和初戀

這個長得很像吉永小百合的清純女生，
是附近那所私立高中的籃球隊員。
每次見面時，那個吉永都會請我吃東西。
而且每次都會說「老闆弄錯了」，
或是「我點了這個，可是已經吃飽了」，
隊友都說吉永對我有意思。

「唔……老闆弄錯了，你幫我吃這碗好嗎？」

那個女生把熱騰騰的麵端給我。

地點是學校附近的餐館。

那是附近一帶學生聚集的地方，我們球隊練完球後，全體到那間餐館已是慣例。

當時是我剛當上棒球隊長的二年級秋天，正是食欲旺盛的季節。

「欸？可以嗎？我就吃囉！」

我感激地大快朵頤。

幾天前，天氣開始變冷，那溫熱的麵條直直暖到我心坎裡，何況，端來那碗麵的是個漂亮的美少女。

這個長得很像很像吉永小百合的清純女生，是附近那所私立高中的籃球隊員。

我們城南中學的棒球隊員都很愛慕比我們年長的她，背後叫她吉永，總是以看聖母馬利亞的崇拜眼神看她。

不只那次，每次見面時，那個吉永都會請我吃東西。

而且，她每次都會說「老闆弄錯了」，或是「我點了這個，可是吃別的東西已經飽了」，要不就是「我肚子有點痛」等讓我無從拒絕的理由，請我幫她吃。

隊友都說吉永對我有意思。

其實我總是沒錢，當大夥兒不是大口享受「大碗麵加刨冰」或「大碗麵加熱牛奶」時，我都只在一旁吃刨冰。

大家認為對我有愛意的吉永，一定是故意要請我的。

過去心裡只有棒球的我，覺得讓美麗的吉永愛慕也不壞。

漸漸的，我開始有「該回報什麼給吉永」的熱切心意。

但是我連吃麵的錢都沒有。

究竟該怎麼辦才好？我日思夜想，季節輪轉進入冬天。

那天我也是煩惱著「不能回報什麼給她嗎？」走著走著，猛然躍入眼簾的，是掛在彎彎樹枝上的橘子。

那棟大宅裡種了好幾棵結著碩大橘子的樹，眼前有好幾百顆橘子。

「就是這個啦！」

我想，這真是上天恩賜。約了兩個要好的隊友，夜裡偷偷爬上大宅的圍牆偷橘子。

我把橘子帶回家，剝開一顆，清爽的柑橘香味瀰漫滿屋。

「嗯，真是初戀的香味！」

我放進嘴裡，滿嘴又酸又甜的果汁。

「吉永一定會喜歡的。」

我迫不及待地等候翌日黃昏的到來。

感覺比平日都長的練習結束後，我到那家餐館，可是沒看到吉永。

昨天一起去偷橘子的惡友輕輕戳我裝橘子的大袋子挖苦說：

「學長，這是什麼？」

「囉唆！什麼都不是！」

我惱羞成怒，斥罵天真問我的學弟，可憐的學弟垂頭喪氣。

時間慢慢過去。

「吉永今天不會來了吧？」

我照常在大口吃麵的隊友旁邊，小口啜飲溫熱的牛奶，心想這些橘子該怎麼辦時，餐館的門嘩啦打開，進來一堆嘰嘰喳喳的女生。

是吉永她們的籃球隊。

我在隊友的調笑聲中，拎著那袋橘子走到吉永身邊。

「呃……這不是什麼好東西，請妳吃。」

「是什麼？」

「我家院子種的橘子。」

「哇，謝謝，我最喜歡橘子了。」

「哦？真的？」

「真的。」

「那，我明天再帶來。」

那天晚上、隔天晚上，我都和惡友跑去那棟大宅偷橘子，殷勤地送給吉永。

「謝謝。」

「高興嗎？」

「這樣每天都拿，可以嗎？我很高興。」

感覺每拿一次橘子給吉永，我們之間的距離就縮短一些。

在那些惡友「成功的話，我們是你一輩子的恩人，死都不能忘記我們」的威脅聲中，我連續偷了四、五天橘子。

可是有天黃昏，我經過那棟大宅前，又想著要不要偷橘子時，圍牆裡面傳出熟悉的笑聲。

「唉呦，比奇，你可不可以停下來啦！媽，妳來一下！」

我攀上牆頭偷看，那在院子裡和小白狗玩耍、向屋子裡呼喊母親的，正是吉永。

那像一幅畫的美麗光景告訴我，我的初戀結束了。

我偷吉永家的橘子，還殷勤地送給她。

吉永知道嗎？

就算她不知道，我也沒臉再見她了。

後來，我利用隊長的權威，把球隊的聚會場所改到別的餐館。

惡友們卻以不同的意義，一輩子記住這件事情。

# 第15章

# 最後的運動會

我想快點通過家門前，母親一定在那裡。

不，我不想到達那裡，我不想失望。兩種心情在我心中交錯。

眼看就要到家時，我低下頭不敢看。我盯著腳尖默默地跑。

「昭廣、加油！」

這時，我耳邊聽到母親的聲音。

我在佐賀的第八次運動會接近了。

對打算「中學畢業以後一定要和母親一起生活」的我來說，這是在佐賀的最後一次運動會。

上中學以後，我每年必定寫信給母親，跟她說：「今年一定要來看我的運動會。」

那年我也不抱什麼希望地寫了信，想不到母親回信說：

「今年會去看，我很期待。」

我剛看到信時，還以為哪裡搞錯了。

我好幾次做過這樣的夢，我懷疑這是夢，還捏捏臉頰看是不是做夢。是真的。

母親給外婆的信上也說要來佐賀。

想到母親真的要來看運動會，我就忍不住想繞整個佐賀跑一圈。

第二天早上，我慎重地把信放進書包上學去。

第一節課是倫理社會，我當然又不管三七二十一地打開有花紋的信箋。

「德永，那是什麼？」

「我媽媽寫來的信。」

「哦？」

老師很感興趣地看我的信。

「什麼？要來看運動會……」

「啊，老師，不要再看了啦。」

我假裝不高興地收起信，不讓老師看。

我不嫌煩地每個小時都來一次這種行為。

就像展示蠟筆和釘鞋一樣，我向大家炫耀，主要是想聽大家說：「太好了！德永。」

我想藉著大家對我說「太好了」，不斷回味母親真的要來的喜悅。

中學運動會的主要節目是馬拉松大賽。

男子隊的路線是出校門，沿著護城河繞一圈，經過城內，再回到學校，全長七公里，十分吃力的賽程。

可是這在每天辛苦練習棒球的我們眼中，不算什麼。

實際上我連續兩年都拿冠軍。

但因為今年覺得非拿冠軍不可，稍微感到一點壓力。

我很難得有這種現象，越接近運動會，越擔心當天會不會感冒？會不會拉肚子？老是浮現這些無謂的妄想。

我沒有感冒，也沒有拉肚子。

但是遇到更糟糕的狀況。

我等了又等，預定運動會前一天該到的母親一直沒來。

「她說會早早做完工作搭火車來，一定是晚了，沒趕上火車，明天早上就會來，別擔心，去睡吧！」

外婆催我上床，可是我一點也睡不著。

迷迷糊糊中看到母親來了，醒來發覺是夢，非常失望。

我又迷迷糊糊地夢見運動會都結束了，母親還是沒來；醒來發覺是夢以後，摸著胸口鬆一口氣。

就這樣反反覆覆、似睡非睡，折騰到天亮。

外婆去上工時，我站在堤防上等母親來。

火車早上從廣島出發，應該不會那麼早抵達，可是我就是無法安心地躺在床上。

到了上學時間，我滿心不安，但還是不死心。

母親清清楚楚地在信上寫著「會去看運動會」，我相信她一定會來。

到了下午，比賽項目進行到馬拉松大賽，我站在起跑線後，還在觀眾群中搜尋母親，可是到處不見母親的蹤影。

馬拉松賽開始。

我按照自己的步調輕鬆起跑，騎摩托車前導的是棒球隊的田中老師。

我跑了十分鐘、二十分鐘後，呼吸開始有點急促，同時拉開和後面那群人的距離。

這個馬拉松賽在當地很有名，即使子弟沒有參賽，還是有很多人沿途觀看。

「那孩子跑得好快。」

「真的。」

我聽到那些聲音。

我和第二名離得很遠，一心只想著向前跑。

如果不這樣，我就會去想還沒有來的母親，可能破壞我的速度。

我的心跳加速。

馬拉松路線也經過外婆家前面。

馬上就到我們家了。

碰、碰、碰、碰，我的心臟快震破了。

我想快點通過家門前，母親一定在那裡。

不，我不想到達那裡，我不想失望。

兩種心情在我心中交錯。

眼看就要到家時，我低下頭不敢看。

我盯著腳尖默默地跑。

「昭廣，加油！」

這時，我耳邊聽到母親的聲音。

我不曾聽過那麼大的聲音。
我抬起頭，家門前拚命呼喊揮手的，確實是母親。
「昭廣，加油！」
外婆也在旁邊笑著揮手。
我又低下頭。
越接近家門前，我越不知道該怎麼辦。
我終究做不出電視劇裡那種含笑揮手致意的動作。
「喂！德永，看著你母親！不要低頭，抬頭挺胸地跑！」
田中老師從摩托車上對我說。
我抬起頭，直視前方。
終於跑到家門前。
「昭廣，昭廣，加油！」
母親拚命地揮手。
我向母親大喊：
「媽，我很快喔！我讀書不行，可是跑得很快！」

母親哽咽地回答我：

「你的腳像媽媽，腦袋像爸爸！」

經過家門前不久，我聽到像是憋住的嗚咽，一看，田中老師在哭。

他一邊騎著摩托車前導，一邊憋著聲音嗚嗚哭著。

「德永，太好了！你母親來了。」

田中老師那汗水淋漓的晒黑臉頰上滿是淚水。

我把掛在脖子上的毛巾遞給老師。

我看著田中老師擦掉淚水，發現自己的臉頰也是濕熱的。

「你擦吧！」

田中老師淚中帶笑地把毛巾還給我。

「老師，你擦。」

「不用，你擦。」

「老師，你擦。」

「不用，你擦。」

數度推辭後，田中老師說：「這是我們兩個人哭的時候嗎？再快一點！加油！」

說完，把毛巾丟給我。

我胡亂地擦掉眼淚，又集中全副思緒在跑步上。

向前衝、向前衝。

我比誰都快，因為有母親幫我加油。

第一名抵達終點的我，距離第二名超過兩百公尺。

據說這是學校有史以來最快的紀錄。

# 第16章

# 多管閒事和體貼

久保也沒拜託我們，我們卻擅自去打工，強迫他收下錢，

他沒來旅行，還生他的氣。

我們根本不體貼久保。

我們只是為了滿足自己，把「親切」強迫推銷給久保。

我繼續哭著，覺得自己蠢得可恥。

久保不斷地跟哭泣的我們說：「好啦，別再哭啦！」

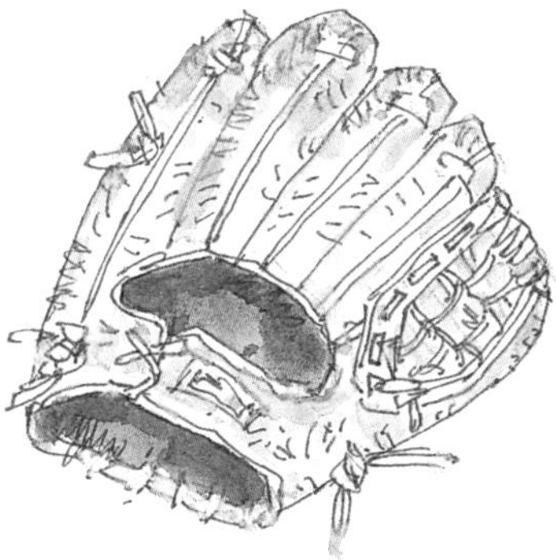

夏天的全縣棒球賽結束後，按照慣例，我們這些三年級的球員要離隊。

但我們這些成天只顧打棒球的夥伴，並沒有因此而專心念書準備考高中，還是有事沒事聚在一起，聊些有的沒的蠢話。

話題中心是畢業旅行。

再怎麼說，這都是中學生活最後的大事。

我們興致勃勃地談著想必好玩的目的地——宮崎。

只有久保一個人提不起勁。

「久保，怎麼了？」

「唔？」

「你也說一下嘛，宮崎這地方好像不錯耶。」

「嗯……」

「怎麼啦？你這樣子好奇怪。」

「我不去畢業旅行。」

久保下定決心似地一口氣說出來。

「怎麼啦？」

「為什麼不去？」

大家圍著久保，問他為什麼不去，可是久保沒有再多說什麼。

久保是中外野手，話很少，難得那樣態度堅決。

我很在意，第二天把久保叫到還沒有人來的相撲道場，問他原因。

「為什麼不去？你不是從一年級就開始存錢了嗎？」

「……」

「難得大家都要去，一起去吧！」

「……」

「有什麼原因嗎？」

「……」

「我們是一起努力三年的朋友吧？有什麼問題不能告訴我嗎？」

「我媽……」

「唔？」

久保的聲音幾乎聽不到。

「我媽住院了，需要用錢，我把存的錢都領出來了。」

這回輪到我沉默不語。

每天和久保廝混在一起，連他母親生病了都不知道。

「德永，我媽的事別對人家說！」

久保直視我的眼睛。

「我知道。」

我堅定地答應不告訴任何人。

即使再親近的朋友，談到家裡的苦處還是覺得丟臉。

我們正處在那個階段。

我也一直很窮，很了解久保的心情。

可是我不死心，我希望三年來一起努力的隊友，一個不少地都去畢業旅行。

於是我召集隊友。

「我是不知道詳細情況，但是久保好像沒存錢。」

「哦？」

「我們都去打工，幫久保賺旅費好不好？」

「好，大家一起帶久保去旅行！」

大家都贊成我的提議，我們開始分頭去打工。

我到附近的酒鋪搬貨和送貨。

水木到青菜店幫忙，岡田去有錢人家打掃，井上去送報紙。

其他還有收集空瓶、回收舊報紙的……大熱天下我們拚命地工作。

結果，個人賺的雖少，但全部加在一起，就達到目標的兩萬圓了。

我們很滿意達成目標。

「久保一定會欣喜落淚吧！」

我們火速找久保出來，拿出裝著兩萬圓的信封。

「這個，你拿去。」

「是什麼？」

「大家打工賺的，有兩萬圓，這樣我們可以一起去旅行了。」

但是久保的反應完全和我們預想的不一樣。

「我不要。」

久保冷冷的答案讓興沖沖的我們期待落空。

「為什麼？」

「一起去嘛！」

「大家特地為你打工……」

我們試圖說服他，但他就是不肯收下。

最後久保才終於簡短地說：「我知道了，就先放在我這裡。」然後把信封放進口袋。

「好耶，久保！」

「這下全員到齊了！

「棒球隊永遠在一起！」

我也跟著歡呼，回家的路上，大家一直喧鬧不停。

可是畢業旅行那天早上，久保終究沒來。

「久保怎麼了？」

「他只是想要錢吧！」

快樂的畢業旅行期間，有人這樣痛罵久保。

我們決定回到佐賀後第一件事，就是把久保叫到球隊辦公室。

到了約定的時間，我們一起去球隊辦公室，久保已經來了。

我一看見久保就怒火沖天，想到大熱天努力打工的我們像個傻瓜，那一瞬間，我怒不可遏。

「久保！你為什麼不來？你花光大家特地為你打工的錢了嗎？」

我粗暴地撲向久保，他的椅子失去平衡，人摔到地上。

「說！你是不是花掉了？」

在我劈頭劈臉的亂罵聲中，久保清楚地說：

「不是。」

「什麼不是？」

「我一開始就沒打算參加畢業旅行，那些錢我買了這些，我想留給學弟。」

久保站起來，從大紙袋裡拿出全新的捕手手套、球棒和三盒棒球。

看到那嶄新得刺眼的球具，一瞬間，我想起來了。

久保是沒說過要去畢業旅行。

久保在我們半強迫下收錢時，是說：「就先放在我這裡。」

久保那時已經下定決心。

「對不起，久保，對不起。」

我生平第一次向人跪下磕頭。

我並不是想磕頭道歉，只是想由衷表達我的感謝，我的額頭點地。

隊友也都是相同的心情吧！

我哭著磕頭說：「對不起、對不起。」

久保扶著我的肩膀拉我起來。

「好了，好了。沒事了。」

看著久保平靜的笑容，我想起外婆曾經說過的話：

「真正的體貼是讓人察覺不到的。」

我們做了什麼呢？

久保也沒拜託我們，我們卻擅自去打工，強迫他收下錢，他沒來旅行，還生他的氣。

我們根本不體貼久保。

我們只是為了滿足自己，把「親切」強迫推銷給久保。

我忘了隊長的尊嚴，繼續哭著。

覺得自己蠢得可恥。

久保不斷地跟哭泣的我們說：「好啦，別再哭啦！」

# 第17章

# 再見，佐賀

「阿嬤、保重哪！」我用力揮手，外婆也揮著手。

「好，去吧。」真是拿她沒辦法，好個倔強的外婆。

我笑著再次用力向外婆揮揮手後，轉身就走。

大概走了二、三十步吧。

背後傳來外婆的聲音：「不要走……」

寒意凍人的時節，我接到好消息。

我獲准以公費生的名義進入廣島的廣陵高校。

「德永，幹得好！九州只有兩個人考進去喔。」

幫我寫推薦函的棒球隊顧問田中老師，讚許地拍拍我的肩膀。

廣陵高校是每年都參加甲子園高中棒球聯賽的棒球名校。

此外，公費生不需要繳入學金和學費。

還有，我可以回到廣島的母親身邊。

對我來說，這個進展簡直像是極盡好事的美夢。

我衝進玄關。

「阿嬤，我做到了，要讀廣陵高校，不用繳學費，還可以去廣島住！」

外婆欣喜地說：

「喔！了不起，免費的哩。」

可是從那天起，外婆的樣子就怪怪的。

「佐賀商業好像也不錯喔！」

晚飯時她沒頭沒腦地嘀咕著。

佐賀商業是附近的佐賀高商，他們的棒球隊也很強，如果沒有上廣陵高校，我也會以推薦入學方式進入這所學校。

「你如果讀佐賀商業，我又可以去看你練球了！」

「到佐賀商業學會簿記，就不愁找不到工作了！」

「佐賀商業很好啊！」

外婆完全不說希望我留在佐賀，只是不時冒出那些話。

我的心意開始動搖。

我是非常渴望和母親住在一起，但把外婆獨自留在佐賀，又覺得放不下，而且佐賀的朋友也很多。

更重要的是，在這八年間，我喜歡上這一無所有的超級鄉下佐賀了。

我只有一次試著對外婆說：

「阿嬤，我留在佐賀好嗎？」

外婆卻回答我：

「說什麼傻話！」

我不停地煩惱，但還是決定讀廣陵高校。

上高中後就要在廣島生活。

然後參加甲子園大賽。

那是我的夢，那個夢不斷地支撐著我，我決心向夢想邁進。

那年冬天真的過得很忙亂，轉眼間就是畢業典禮了。

呼出白濛濛氣息的那天早上，我比平日更早出門。

再過一個星期，我就要去廣島了。

我走在堤防上，想像外婆牽著幼小的我走來的情景。

被大人欺騙、錯愕不安、緊繃著臉的年幼的我。

我覺得好笑，噗嗤笑出來。

「喂，德永，一個人笑什麼？」

棒球隊的隊友叫我。

大夥兒心情好像都很浮躁，都提早出門。

「沒有啦。啊！剛剛想到一件好事。」

「什麼？」

「我們去拆吉川的腳踏車吧？」

那是突然想到的，討厭的英語老師吉川。

總是趕在上課前一分鐘拚老命騎到學校的腳踏車，如同他的分身。

要是把它五馬分屍了，不知有多爽快。

我們立刻舉行作戰會議，決定典禮後下手。

畢業典禮順利結束，最後的師生座談時間也結束，就在大家互抄聯絡地址、向恩師道謝的溫馨時刻，我們棒球隊員群聚在腳踏車停放處。

「真是承蒙這傢伙好好照顧了……」

我狠踹腳踏車一腳，算是動手的信號。

「這麼長時間真的謝謝你了。」

「謝謝你常常給我珍貴的教誨……」

大家你一言我一語，拆下坐墊，卸下輪子，再把解體的零件丟到屋頂上，或是吊到樹上。

還有人挖個洞，把螺絲埋進去。

以編造竹筏般的爽朗心情完成解體，我最後在雪白的紙上用麥克筆寫上大大的「老師，再見」，貼在龍頭上。

大夥兒咯咯笑著回到校園，拋起人歡呼的景象處處可見，畢業典禮進入最高潮。

突然，大家的身影像鏡頭裝上濾光鏡般，顯得遙遠。

只有笑臉相視的朋友胸前的粉紅色康乃馨，異樣鮮明地映在眼中。

「今天真的畢業了嗎？」

我心中突然湧起像事不關己的平靜心情。

「不要再依依不捨了，現在要歡送畢業生，請在校生排好花道，畢業生列隊。」

廣播的聲音喚回我的意識，和同伴一起排好隊。

在校生排在兩側，組成畢業生要走的花道，到處都聽到啜泣的聲音。

鼓號樂隊開始演奏校歌。

「仰尊恩師……」

配合在校生的歌聲，我們開步走。

就在那時，突然聽到一聲：

「喂！德永，是你幹的吧！」

吉川拿著腳踏車龍頭，滿臉通紅出現眼前。

「哇！」

我們棒球隊員逃也似地穿過花道，衝出校門，大夥兒高聲大笑。

即使知道吉川不會追來，大家還是繼續跑。

然後邊笑邊望著天空掉淚。

大家都感覺到，此刻，某樣東西確實結束了。

一個星期後的早上，我拎著小小的行李，離開外婆家。

外婆並沒有送我，還是像平日早上一樣，到河邊洗鍋子。

我對著外婆的背說：

「阿嬤，我走了。」

「好，去吧。」

「八年來謝謝妳了。」

「好，去吧……啊，水……」

我從她背後探頭窺望，外婆在哭。
她粗暴地攪著鍋裡的水，濺到臉上。
「水……水……」
「阿嬤……」
「好，去吧。」
「暑假時會來玩，要保重喔！」
「好，去吧。」
「那，我走了！」
我轉過身，邁開步伐。
兩隻小白蝶追逐嬉戲，飛舞在春天的河邊。
在彎到大街的轉角處，我回過頭。
「阿嬤，保重哪！」
我用力揮手，外婆也揮著手。
「好，去吧。」
真是拿她沒辦法。

好個倔強的外婆。
「我要去媽媽身邊了……」
我笑著再次用力向外婆揮揮手後，轉身就走。
大概走了二、三十步吧。
背後傳來外婆的聲音：
「不要走……」

# 後記

離開佐賀以後，經歷了許多事情。

我應該是要當棒球選手的，不知怎麼的，變成相聲二人組「B&B」步入演藝圈，因相聲熱潮而一舉成名。

我也結婚生子，孩子已長大成人。

可是我總覺得，我的根基都來自在佐賀和外婆共度的那段歲月。

那沒有名牌、漂亮裝潢、美食這些名詞，食衣住都簡單的生活……

前言中也提到，最近大家都說世道「不景氣」，但和我小時候比起來，還是覺得大家現在擁有的很多，過得很寬裕。

可是像外婆那樣活得燦爛的人很少。

或許這是老生常談，但是人活著，重要的不是物質，而是心的感覺。

總是笑說「我們家窮得開朗」的外婆，不是不認輸，是真的幸福。

即使現在，親戚們聚在一起，必定會熱烈地談到外婆。雖然外婆已過世多年，她的笑容在大家心裡依然光輝燦爛。

去年，我們甚至辦了紀念外婆百歲冥誕的盛大宴會。

只有像外婆那樣活著，才說得上是「好的人生」吧！

大家都想過「好的人生」。

不為任何人。

是為自己。

這一點也不難。

只要樂觀看待一切，津津有味地享受眼前的食物，每天都笑著生活就行了。

本書如果能讓各位得到那種生活的啟發就好了。

阿嬤，謝謝妳。

二〇〇一年六月　島田洋七

# 文庫版後記

本書最早出版於二〇〇一年。

我是為了希望大家知道我外婆的故事而寫，而且出於相同的想法，我走遍全國，參加多場演講和相聲演出，敘述我和外婆共同生活的景況。我在現場也賣書，託大家之福，銷量不錯。

之後，過了兩年，在二〇〇三年的初夏。

我應邀擔任朝日電視台超人氣長壽節目《徹子的房間》的來賓，在節目中介紹這本書。第二天，書店接到蜂擁而至的詢問電話。可是，當時出版已經兩年的《佐賀的超級阿嬤》，早已售罄。

不久，原出版商「月光工廠」打電話來說，還有少數庫存在網站上販賣。這個盛大的迴響，讓德間書店願意出版更貼近讀者的文庫版，我真的很高興。

對仔細看過我上節目前準備的資料，在節目中聆聽外婆故事時，數度眼眶濕潤的黑柳徹子小姐，我滿心感謝。

這次出版，除了追加刊登外婆的照片之外，內文也稍有訂正，並添加幾則小故事。

最後，要感謝耐心聆聽我外婆故事、愛我外婆、協助本書出版的各位。

更要感謝外婆，留給我難以道盡的重要觀念。

二〇〇三年十二月　島田洋七

特別附錄

# 佐賀超級阿嬤的快樂生活語錄

惹人討厭的事情就是引人注目。

晚上別提傷心事。
難過的事留到白天再說，也就不算什麼了。

成績單上只要不是0就好囉。
1啊、2啊的加起來，就有5啦！

不需要為了葬禮悲傷，因為剛好是漲潮的時候嘛*。

吝嗇最差勁！節儉是天才！

別人跌倒一笑置之，自己跌倒更要一笑置之。
因為人都是可笑的。

活著很有意思。
與其講究表象，不如內在下功夫。

讓人察覺不到的，才是真正的體貼，真正的親切。

別抱怨「冷啊」「熱啊」的！
夏天時要感謝冬天，冬天時要感謝夏天。

時針反著走，人們會覺得鐘壞了而丟掉。
人也不要回顧過去，要一直向前進！

＊日本人認為一天中出生和死亡最多的時刻。

這世上滿是生了病還不想死的人，
自殺未免也太奢侈了。

現在就先來過窮日子！
有錢人要旅行、吃壽司、訂做新衣，忙死了。

吃到沙丁魚就不算窮。
要是以前的人看到沙丁魚，將牠命名為鯛魚的話，
那現在沙丁魚就等於是鯛魚啦！

別太用功！太用功會變成怪癖的！

不需要穿泳褲，靠實力游！

今天別想明天的事，要想一百年、兩百年以後的事，
想想那時候孫子加上曾孫會生個五百人，快樂不已。

尾端岔開的蘿蔔，切成小塊煮起來味道一樣。
彎曲的小黃瓜，切絲用鹽抓一抓，味道也都相同。

窮有兩種，窮得消沉和窮得開朗。
我們家是窮得開朗。

而且跟最近才變窮的人不一樣，不用擔心，要有自信。
因為我們家祖先可是世世代代都窮的喔。

只有撿來的東西，沒有扔掉的東西。

「阿嬤，我英語都不會。」
「那，你就在答案紙上寫『我是日本人』。」
「可是，我也不太會寫漢字。」
「那你就寫『我可以靠著平假名和片假名活下去』。」
「我也討厭歷史……」
「歷史也不會？那就寫『我不拘泥於過去』。」

●●●

就算小偷進來了，也沒有東西可偷，
說不定因為我們一無所有，反而留下一點東西才走呢！

●●●

人到死都要懷抱夢想！
即使不能達成也無妨，因為終究是夢嘛！

●●●

聰明人、笨人、有錢人、窮人，
過了五十年，都一樣是五十歲。

●●●

只要能道聲：「再會。」就是幸福。
如果能說：「改天見。」就更加幸福。
要是能說：「好久不見。」就更加、更加幸福了。

Eurasian Publishing Group
圓神出版事業機構
用心與你對話・視野無限寬廣
先覺出版社
Prophet Press
www.booklife.com.tw
reader@mail.eurasian.com.tw
關懷教養 025

# 佐賀的超級阿嬤【暢銷1000萬本・全彩插畫珍藏版】

作　　者／島田洋七
譯　　者／陳寶蓮
發 行 人／簡志忠
出 版 者／先覺出版股份有限公司
地　　址／臺北市南京東路四段50號6樓之1
電　　話／（02）2579-6600・2579-8800・2570-3939
傳　　真／（02）2579-0338・2577-3220・2570-3636
副 社 長／陳秋月
主　　編／李宛蓁
責任編輯／劉珈盈
校　　對／林淑鈴・劉珈盈
美術編輯／林雅錚
行銷企畫／陳禹伶・黃惟儂
印務統籌／劉鳳剛・高榮祥
監　　印／高榮祥
排　　版／莊寶鈴
經 銷 商／叩應股份有限公司
郵撥帳號／18707239
法律顧問／圓神出版事業機構法律顧問　蕭雄淋律師
印　　刷／龍岡數位文化股份有限公司
2006年2月　初版
2023年8月　二版



定價 320 元　　ISBN 978-986-134-464-5　

大家都想過「好的人生」。
不爲任何人，是爲自己。這一點也不難。
只要樂觀看待一切，津津有味地享受眼前的食物，
每天都笑著生活就行了。

——《佐賀的超級阿嬤》



國家圖書館出版品預行編目資料

佐賀的超級阿嬤【暢銷 1000 萬本・全彩插畫珍藏版】／島田洋七著；陳寶蓮譯. -- 二版. -- 臺北市：先覺出版股份有限公司，2023.08
208 面；14.8×20.8 公分 --（關懷教養；25）
譯自：佐賀のがばいばあちゃん

ISBN 978-986-134-464-5（平裝）

861.57　　112009544